第7回　東奥文学賞　大賞作品

目次

大賞作品

漆花(しっか)に捧ぐ

日野洋三

画・庭田　薫

序

正徳五年（1715年）の正月七日、弘前城の本丸御殿の奥座敷にある山吹ノ間で家老、用人、城代などの藩の重臣十名程が参集し宴が開かれていた。五代目藩主の津軽信寿が皆に新年の言葉をかけたのに続いて酒礼が行われた。それを合図に女中達が一斉に本膳、二の膳、三の膳を並べ始めた。皆が目を輝かせて見つめたのは、色彩鮮やかな料理よりもむしろそれらの乗せられた角膳に描かれた艶やかな塗模様の方であった。

「ほお、これが巷で噂の唐塗りと申すものか」

「左様で御座いまする」

信寿の質問に用人の一人が答えた。

「これまで父上が盛んに漆塗りを奨励してきたが、残念ながら他藩を凌ぐ作品は出来なかった」

信寿の呟きに両脇の家老達は恭順の色を顔に浮かべて微かに頷いた。

「父上はあの加賀前田藩を凌ぐことが目標であったらしいが果たせずに亡くなってしまった」

「左様で御座います。加賀藩と当藩は深い因縁が御座いましたから」

太閤秀吉の時代、天正十八年（１５９０年）に行われた奥州仕置に際して初代弘前藩主津軽為信が小田原参陣にいち早く駆け付けて本領を安堵された。この折に元々津軽の地を支配していた南部氏が前田利家に取り入り津軽を取り返そうと画策したことは、津軽家にとって忘れ得ぬ語り草となっていた。この経緯に加えて、信寿の先代の四代藩主津軽信政の時代、名君と称される加賀藩四代藩主の前田綱紀が輪島塗を全国に広め藩利を得ていたが、これに信政は強い対抗意識を持っていたと言われている。

「しかし、この塗は見事ではないか、これは他藩のものにも決して引けをとることはあるまい。して、この塗はなにゆえ唐塗りと申すのじゃ」

一同は小首を傾げて互いに顔を見合わせたのち一人が応えた。

「何でもこの作者が自ら名付けたように聞いておりまするが、その謂れは聞き漏らしました」

「まあよい、これで父上の望みも成就されようぞ」

信寿は上機嫌で箸を付けた。

唐塗りをはじめとした津軽塗は、こののち津軽藩の特産工芸として全国に広まっていく。

一.

元禄十七年（1704年）の如月下旬、吹き渡る東風が津軽野の長い冬にも終わりを告げようとしていた。払暁間近に大館の宿を出立した池田源太郎は羽州街道を北へと向かった。二十四歳で江戸に出て七年間の漆塗り修行を終え晴れての帰郷である。これから津軽の地で塗師（ぬし）としての腕を存分に発揮することを期し心は弾んでいた。長旅で頬は削げてはいたものの歩みは速い。通った鼻筋の元に備わる細い目からは力強い眼光が発せられ前を見据えていた。

一刻程で秋田藩と弘前藩の境をなす羽州街道の難所である矢立峠の登り口に到達した。幅一間ほどの道は両脇を鬱蒼とした杉木立で覆われ杣道（そまみち）とさして変わりない。長い冬を経て人の行き交いも疎らなこの時期では獣道と言えるような箇所も多い。足元に注意を払い歩を進めるうちに、津軽に残してきた母のヨシ、嫁のミツ、そしてまだ見ぬ娘のタマのことが源太郎の胸中で膨らみ始めた。母は源太郎の帰りをどんなにか喜ぶであろう。その時の顔が目に浮かぶようだ。そして歩むうちに昔の母の記憶を辿っていた。

物心がようやくついた頃、小部屋に寝かされていて夜分目を醒ますことがしばしばあった。襖の間から漏れる薄明かりに誘われるように襖を開けると、そこには囲炉裏の火を頼りに漆塗り作業を黙々と行っている母がいた。母の流麗な鼻筋と脆そうな細い顎の線が炭火に美しく照らされていた。母が源太郎の気配に気付くと手招きをして膝の上に抱いてくれた。母の暖かな匂い、切れ長の目に湛えられた柔らかな笑み、そして耳を擽るように響く囁き、陶然の淵に引き込まれるようであった。

「おしっこだろう、付いていってあげますね」

裏手の廊下の端の厠に手を引いて連れて行ってくれるのだが、裏庭の暗闇と対照的な母の手の温もりは未だに源太郎の掌に残っている。

源太郎は塗師であった父池田源兵衛の長男として延宝元年（１６７３年）金沢に生まれた。翌延宝二年、弘前藩四代藩主の津軽信政が藩独自の工芸品を育成するために全国の職人を招聘した際に、それに応じて一家三人で津軽の地に移住した。塗師としては他に七、八名が参じていたが多くは若狭の者であった。弘前城は南に追手門があり、裏手に亀甲門とも呼ばれる北門が構えられている。この亀甲門を入り城内を南に一町ほど進むと右手に四の郭がある。藩の作事方が差配するその郭の一角に塗師蔵と呼ばれる作業場が設けられ、塗師達が日がな一日勤しんでいた。

ささやかながら藩から住家もあてがわれ、それは亀甲門を出て居並ぶ中下級藩士宅を過ぎた西外れにあった。形ばかりの小さな門をくぐり玄関を上がると左手に南の小庭に面した八畳間がありその中央には炉が切られていた。右手には竈を備えた土間があり裏庭に続いていた。八畳間の北側には小部屋が二つ並び土間にも続いていた。

父源兵衛は仕事一筋の毎日であったが、母ヨシは源兵衛の塗師蔵での作業を手伝うだけでなく、生活を支えるために器物、盆、箱物などの漆の欠けや傷の修繕を夜遅くまで行っていた。

源太郎の幼少時には慈愛に満ちた菩薩のような母であったが一度だけ烈火の如く叱られたことがあった。

四歳になったころである。ヨシは父源兵衛とともに仕事場に出かけて、夕方になると先に一人で帰ってくるのであった。日中残された源太郎は、近くの幼子達とたわいもない遊びをして待っているのが常であったが、その日は酷く暑い日で昼過ぎて雨模様となった。家の中で一人遊びをして喉の渇きを癒やしに土間に行った。土間の壁の上部一尺ほどは蔀(しとみ)戸(ど)作りで夏は開け放たれている。柄杓(ひしゃく)を手にその隙間から裏庭を眺めた瞬間、轟音とともに裏庭一面に稲光が炸裂した。一目散に一番奥の両親の寝所に逃げて目をきつく閉じ膝を抱えていた。どの位経ったであろうか、いつの間にか落ちたうたた寝から醒めると、目の前に置かれた長持ちに気付いた。何気なく蓋を開けると仄かな芳香とともに様々な塗り物が現れたが、その中で隅にあった小さな文箱に目が釘付けになった。その箱の蓋は黒茶色に塗られ、その中に雲が拡がるかのように鮮やかな乳白色の模様が描かれ、それは銀の細い帯で縁取られていた。その模様が手を広げて迫ってくるように感じ恐怖を覚えながらも、魅入られたかのように手が延びた。手にすると自分のものにしたい誘惑をどうにも払うことが出来なくなり、その文箱を持ち出して裏庭の生垣の下に隠してしまった。雨上がりの草いきれが鼻を突いた。

翌日、朝餉(あさげ)の後、両親が仕事に出たのを見計らって、生垣の下から文箱を取り出して恍惚となっていた。気配を感じ振り向いたところ、母ヨシが眼に冷たい光を湛えて立っていた。

「源太郎や、おまえの手にしているものは何ですか」

答えられずに俯いたところにヨシは続けた。

「源太郎や、我が家は何で家計をたてているのですか」

「父上の塗師としてのお仕事です」

母が頷きながら文箱に手を伸ばしたが、自分の意に反して反射的に手に力が込められた刹那、体が横に吹き飛ばされて地面に倒れていた。叩かれた左の頬は熱湯でも当てられたかのように感じた。見上げると屹立したヨシの手にある文箱は朝陽に照らされて輝いていた。

「これは家の家宝ともいえる漆塗りです。二度と手を触れてはいけません」

ヨシは蓋を開けて中に貯えられていた文をゆっくり確認した後、文箱を胸に抱えて背中を向けた。

「それは父上が作ったものですか」

母の背中に言葉を投げたが、ヨシは答えずに家に入って行った。あまりの衝撃にしばらく立ち上がることが出来なかった。その日以来、その文箱を目にすることは二度となかったが、あの文箱に母が何故それほど執着したのか、今思い出しても分からなかった。

源太郎がそんな回想をしていると、残雪に足を滑らせ膝をついた。我に返った源太郎がそのままの姿勢で辺りを見渡すと、杉木立の下には春の訪れを待ちかねたように熊笹が雪を分けて伸び始め、木漏れ日がその青味を増した葉を輝かせている。

二.

自分の息が荒くなっているのに気付いた源太郎はその場に腰を下ろした。遠くから響く沢の音が勢いよく聞こえるのは雪解け水を含んでいるためであろう。足元に目をやるとふきのとうが芽を出していることに気づき、引き締まった口元が思わず綻んだ。薄緑を帯びた乳白色の幼い芽に早春の香りを感じるとともに母の白い肌を思い起こした。源太郎が塗師の道に入ることになったのも記憶を辿ると母ヨシが仕向けたことであったように思う。再び昔に想いを馳せながら腰を上げ歩み出した。

源太郎が五歳の時に妹が生まれたが一歳を待たずに逝った。その頃から母ヨシも心身の不調が続き源兵衛の手伝いに通うのも滞るようになった。源太郎が七歳になったある秋の朝、父源兵衛に誘われて塗師蔵まで供をした。朝陽に浮かぶ亀甲門を間近で見ると子供の目には偉容に映り身体が強張るのを感じた。そこで父源兵衛が茫洋と話しかけた。

「ヨシが仕事に行けないから、お前が手伝ってくれると助かるのだ」

源兵衛の彫りの深い四角い顔に浮かぶ微笑みを見て緊張が和らいだ。日頃ヨシから男子は軽々しく口を利くものではないと言い聞かされていた源太郎は無言でゆっくりと頷いた。

塗師蔵に入るとむせかえる程の甘渋い漆の匂いに圧倒された。小さい頃から慣れ親しんでいるはずなのに、家でヨシが扱っているのとは比べものにならないほどの量の漆があるのだろう。催した嘔気を隠して立ち尽くしていると、源兵衛に頭を撫でられ脇で見ていろと命じられた。

父は持ち場につくと黙然と作業を始めた。重箱、文箱、煙草盆など様々な木地物に漆を塗っては乾かし研ぐ、それを何度も繰り返す。単調さと複雑さが目まぐるしく交錯する作業であった。埃が漆に付くことが忌み嫌われていたのでむやみに動くことは許されず、地

蔵のように澄まし顔で父の作業を眺めて一日を過ごした。しまいには眠くなり幼い身には苦行のようにも感じられた。それでも、数ケ月続けるうちに何がどこに置いてあるかを把握し、刷毛を洗ったり俎と呼ばれる塗りの作業台を清掃したり、次第に父の手伝いができるようになった。塗師蔵の他の塗師達は弟子の一人もいて、こうした下働きをさせていた。それは若狭塗師には八両五人扶持という充分な俸禄が与えられていたからであり、父源兵衛への俸禄はその半分ほどに過ぎず弟子を持つことは叶わなかったらしい。後年母ヨシから聞いた話である。

そんな毎日が一年ほど続いたある日、唐突に父から吸い物椀の木地を渡された。

「ほれ塗ってみな」

椀を受け取り目を丸くして佇んでいたが、父の大きな目に浮かんだ優しい光と、手にした椀木地の肌触りと香りに心は和んだ。父の作業を心の中で反芻し、木篦を用いて砥の粉と生漆を俎の上で手際よく混ぜ丁寧に塗り始めた。不思議と木篦が椀の上を滑るように動いた。椀の湾曲にも、高台部分の微細な作りにも木篦は淀みなく躍動した。僅かの間に源太郎はきれいに下地塗りを完成させた。父はそれを一瞥して無表情に、次に進んでいいぞと呟いた。半刻ほど漆を乾かし砥石による荒研ぎを行い、そしてまた同様の下地塗りと研ぎの作業を計三回繰り返した。次いで生漆だけによる一回目の中塗りを施しその日の工程を終えた。漆風呂と呼ばれる収納部屋の棚の上に父の作品の隣に並べて置いたが、その時少し誇らしい気持ちになった。漆は湿気により乾燥硬化するため、中塗り以降の段階では濡れ手ぬぐいを敷き詰めた三坪程の漆風呂に置く。気温がさらに低くなると漆風呂内の温度を上げて盥に湯を張ることもある。

その晩、寝床に入った源太郎は初めての経験になかなか寝付けなかった。虫の音がおさまった頃にとなりの部屋の両親の話し声が耳に届いた。

「あいつは線がいい、おまえが早く塗りの手ほどきをさせたがっていたが、確かにおまえの見立て通りだ」

父は珍しく酒を口にしているようで舌が滑らかであった。

「おまえが小さい頃から書や絵を教えた甲斐があったな。いやおまえの父親の血だ、きっといい塗師になる」

母の声は細く聞き取れなかった。

「これでおれにもしものことがあっても、お前の望みはあいつが叶えてくれるだろう」

源兵衛の太い笑い声が響いた。

十日後に塗りを完成させて持ち帰った時に母が満面の笑みで迎えてくれた。その後、塗りに没頭するようになったが、それは塗り自体を好きになったからではない。母の喜ぶ顔が見たかったのである。妹の死後、癇性になった母に少しでも昔に戻って欲しい一心であったような気がする。

一方、源兵衛はそのころ独自の作品を創り出そうと懊悩していたという。何かに取り憑かれたように様々な塗りを試していたが、どのような作品を献上しても藩の上役からはあまり珍重されなかった。そのかわり若狭塗師達の作品が津軽藩の主流となり、特に螺鈿（らでん）などを細工した品が変わり塗りと称されて藩内では随分ともてはやされていたらしい。これらも後年母から聞いた。

歳月が過ぎ源太郎が十二歳になった貞享二年（1685年）、父源兵衛が江戸に向かうことになった。源兵衛が懇意にしていた作事方の役人沼田儀八郎の口利きで新境地を開くための江戸での修行話が実現した。当時江戸で一世を風靡しつつあった青海波塗の創始者である青海太郎左衛門勘七の下で腕を磨くことになったのである。修行期間は三年間、扶持はそのままという条件であった。

出立の日、城下町の外れまで母と一緒に父を見送った。初夏の東雲の中、父の大きな後ろ姿が次第に小さくなる様が目に焼き付いている。

しかし、父が再び津軽の地を踏むことは無かった。

一年あまり後の貞享三年（1686年）の夏の夕刻、青海勘七からの文が届き、源兵衛が卒中で瞬く間に息を引き取ったこと、亡骸は近くの寺に埋葬したことなどがしたためられていた。その晩、母ヨシは戸を開け放したまま泣き明かしていた。

その後の池田家の生業（なりわい）は極めて苦しいものとなった。源太郎の塗師蔵での作業に対して藩からの扶持は続けられたが、以前の半分以下に減らされてしまった。しかも塗師蔵で源太郎に許されていたのは下働きだけであった。ヨシは源兵衛の馴染みであった漆器問屋の中屋に頼み込み、藩士、商家、社寺から出される塗修繕の多くを回してもらっていたが、親子二人の身過ぎで精一杯であった。そんな中でも、ヨシは仕入れた漆のうち上等のものを源太郎が腕を磨くためとして貯えていた。そのお陰で源太郎は自己流ではあるものの塗りの修行を続けることができた。しかし、それも自分の情動からではなくヨシの強い想いに応えるためであった。

そこまで思い出していると、樹陰が途絶え目の前に四間四方の空き地が開けた。中央に大杉が聳え、その周りには朽ちた太い木が置かれている。

津軽側から上ってきたらしい町人風の男が二人そこに掛け賑やかに語り合っていたが、源太郎の姿を見かけると腰を浮かせ一人が親しげに話しかけてきた。

「やあ、どちらからですか、ここから大館側の道具合はどうでしょうかねえ、明るいうちに大館に入りたいんで。津軽はまだ寒いですねえ、私ら初めてなもんで。ひょっとして津軽の方ですかね」

もう一人も饒舌に話しかけてきた。無口な源太郎は挨拶代わりに小さく頭を下げて

「道は大丈夫です」

と一言だけ応じてやり過ごした。

源太郎は二人が行った後の朽木に腰掛けて宿から持参した握り飯を取り出した。米と塩の香りを吸い込んだ後にそれを頬張った。頭上では春陽が輝いている。雲はなく空は青い。気が再び張り詰めるのを感じて立ち上がった。あとは下りになる。そういえば、あの頃ミツと出会ったのだ、と思いを巡らせながら歩みだした。

三、

それは源兵衛の死から二年後、源太郎が十五歳になった年の初夏の夕暮れであった。源太郎とヨシが八畳間で修繕塗りに精を出していた。戸を開け放した南向きの部屋からは鰯雲が暮れ始めの蒼空に浮かんでいるのが見えた。その時裏戸を開ける音がして見知らぬ娘が土間に入ってきた。天秤棒に吊された漆の入った樽をゆっくり降ろすと丁寧に頭を下げ息を切らしながら告げた。

「こんにちは、駒越の千兵衛のうちの者です。代わりに漆を届けに来ました」

津軽藩政初期の寛永年間から漆の木の栽培が始まっていたが、特に津軽信政の時代には特産品とするために盛んに栽培が奨励された。藩内各地に漆林が作られたが、城から西に半里ほど離れた駒越村の丘陵地帯もその一つであった。ヨシは以前から駒越村の一農家から内職用の漆を安く分け与えてもらっていた。いつもは千兵衛が牛車を引いて城内の塗師蔵に漆を納めた後に二樽ほど届けてくれるのであった。その千兵衛が寝込んでいるらしい。

　柔らかそうな頬に笑みを湛えた健気な娘であった。ヨシが立ち上がり労りの声を掛けても、頷きながら愛嬌のある丸い大きな目を開いてまだ肩で息をしている。そよ風に揺れる竜胆（りんどう）のようであった。ミツという名前で源太郎より五歳年下であった。

「今日の漆は上げ山で採れた初漆だからまだ薄めです」

　飾らないながらも良く徹る声でミツは一生懸命に漆の中身を説明した。梅雨明けの頃に漆の木に初めての傷を入れることを上げ山と言い、その時採れるのが初漆である。ミツの手は漆にまみれ爪は鈍色で、首の皮は担ぎ棒に擦れたのか荒れていた。千兵衛の代わりに兄が牛車で塗師蔵に漆を届け、その間にミツが源太郎の家に担いで届けたらしい。空になった漆樽と百文銭を受け取ると笑顔を残して立ち去った。五町先の岩木川沿いで兄と合流するという。

　目を細めてミツを見送ったヨシは源太郎を責付き（せっつ）その後を追わせた。

「おい、持ってやらぁ」

娘は驚いたように振り向き源太郎を認めると丸い目を細めて満面の笑みで応じた。陽が岩木のお山の左裾に隠れ始め、辺りは暑さが退き風が夕の匂いを運んでいた。

「初漆のあとはどうやって採るんだい」

「そのあと一本ずつ傷を増やしていくと段々濃い漆が採れるようになるんです」

ミツは心地よい声音で訥々と教えてくれた。

「おれも漆を採るのを見てみたいな」

「兄さんに言ってみます、ちょうど漆の花が咲き始めるの」

十日ののち、源太郎は駒越の漆林を訪れていた。孫次郎という源太郎より三つ上のミツの兄が掻き手であった。孫次郎は独特の形をした刃物を幾つか持ち、漆の幹の皮を剥いだ後に横傷を入れていった。そしてそこから滲み出る乳色の樹液を篦(へら)でこすり取り腰から下げている小樽に入れるという作業を手際よく進めていった。新鮮な漆は少し青臭く感じたが初夏の木漏れ日に宝石のように輝いていた。

熱心に見つめている源太郎に孫次郎が作業を続けながら唐突に訊ねた。

「源太郎さん、あんたはどんな塗師になりてえんだ」

「おれは」

と言った後、言葉が続かなかった。どんな塗師になるか、それよりも何のために塗りを行っているのか明確な考えを持っていなかった。孫次郎が後を継いだ。

「まあ、まだ分からねえよな。おら達が採る漆を精一杯に輝くものにしてくれよな、なんつったって、この木は漆を搾り取られた後は伐られてしまうんだからな」

隣にいたミツが指差す方を見上げると、漆の木の枝の先端に白い粒の集簇が付いていた。

「あれが漆の花」

ミツの弾んだ声、そして背景の鮮やかな青空とは対照的に、花とは呼べないような儚い存在を晒している姿が哀れにも思えた。

その後も源太郎親子の生活は困窮の中で燻るような毎日が続いた。以前との違いと言えば漆に対する気持ちの変化を感じ始めていたことであるが、それはあの日見た漆の花の姿が原因だったのかも知れない。漆への思いは次第に腕を磨く思いへと昇華したが、自分が下働きしかさせて貰えないことに対するもどかしさと焦躁にも結びついていった。

塗師蔵で最も幅を利かせているのは若狭塗師達であった。彼らの倅達の多くもいつの間にか塗り修行に入り作品を仕上げている。源太郎は彼らよりも先んじて塗師蔵に入った自分を思い起こし、今の己の境遇を悲嘆せずにはいられなかった。下働きをしながら彼らの作品を盗み見て、その質を測っている自分に嫌悪も抱いた。母ヨシに若狭塗師に弟子入りさせて貰えないかを願い出たことも数回あった。

「おまえは源兵衛様の息子です。自分で自分の塗りを創り出しなさい」

侵しがたい気品を帯びた返答に源太郎は口を閉ざすのであった。

ミツは数ヶ月毎に源太郎の家に漆を届けに訪れたが、ヨシはいつもミツを囲炉裏端に上がらせ茶を淹れて労をねぎらうのであった。ヨシのミツに対する慈愛に満ちた目の光は、幼くして亡くした娘の幻影を重ね見ていることによるのだろうと源太郎には思えた。

ミツと初めて会って一年ほど後のことである。配達帰りのミツを源太郎が送っていくことになった。お山の頂は淡く雪を冠していたので晩秋の頃であったろう。お山に傾く陽が空を真っ赤に染めていた。ありきたりのことを話した後にミツが無邪気に訊いた。

「源太郎さん、どんな塗師になるか決めましたか？」

あまりの突然の物言いなので、源太郎が言葉に詰まっていると、

「源太郎さんは漆をとても大事にしているから、いい塗師さんになると思います」

「何で大事にしていると分かるんだい」

「だって、この樽を見れば分かります、篦で漆を綺麗に取ってあります。僅かな残りもありません。塗師さんの中では一番綺麗にして返してくれます。それに去年漆の木を撫でていた源太郎さんの姿、そして漆の花を見上げていた源太郎さんの目の光りをみていれば私にははっきり分かるんです。早く源太郎さんの作品が見てみたい」

源太郎は夕陽の色以上に頬を染めた。

源太郎が十七になった年の秋、藩から蒔絵の弟子入りを促された。僅かながらの扶持ではあるが貰い続けるためには藩の命令に逆らう訳にはいかないし、少しでも漆塗りの技を習得できる可能性はある。そうして元禄四年（1691年）弘前藩お抱えの蒔絵師、山野井四郎右衛門への弟子入りが決まった。山野井は厳格な人であった。住み込みでの修業が始まり、朝は夜明け前に起き、作業部屋と厠の清掃を行い、その後に身を清めるために井戸で水を浴びる。そして作業場で決まりの通りに道具を並べて山野井の登場を待つ。山野井の技は見事であり、下塗り漆の上に一気に微細な模様を呂瀬漆で描くが、この時点では何が描かれているのかは全く分からない。金粉を蒔き上塗りと研ぎを行うと、金色に輝く見事な模様が生きているかのように浮かび上がってくる。

三年間の下積みの後、四年目からは通いが許され、さらに蒔絵を試みさせてもらえるようになった。ある日、小さな硯箱に飛ぶ千鳥を蒔絵として描いてみた。張り切って取り組んだもののどうみても凡庸な作品であり、落胆しながら家に持って帰った。すると漆の配達で訪れていたミツと四年ぶりに遭遇した。源太郎が二十一、ミツは十六になっていた。ヨシは硯箱を受け取り隅から隅へと視線を這わせる中、ミツはヨシの代わりに茶を淹れて二人に供した。昔に比べ瞼の二重が際立ち、少し厚い唇は潤いを増していたが、程良く膨らんだ類は昔のままであった。

「蒔絵の出来は私には分かりません。しかし、その他の塗りの部分はとても丁寧に綺麗に仕上がっていて流石に源太郎さんだと思います」

ミツの言葉に羞恥の色を浮かべた源太郎を差し置いてヨシが親しげに継いだ。

「おや、みっちゃん、目が肥えてきたね」

ミツは恥じらいながら応じた。

「そんなことありません。私には蒔絵の部分は顔形、漆塗りの部分は心のように思えます。どちらが大事かは人それぞれでしょうけれど、私は漆塗りの部分が好きです、源太郎さんの塗りは大好きです」

和やかな空気が囲炉裏を囲む三人を包み込んだ。

しかし、元禄八年（１６９５年）に事態は急変した。その年は夏も冷たいやませが吹いて稲は稔らず、藩政開始以来の大飢饉に見舞われた。藩に召し抱えられた塗師を含む職人達に対してその年一杯での扶持の差し止めの沙汰が下り、それは山野井も例外ではなかった。源太郎は弟子を罷めさせられることになり、池田家への扶持も皆無になる。供された家に住むことだけは許されたが、それまでどうにか貯めた僅かな銭で食いつなぐしか他に道はなかった。

冬を前にして木枯らしが戸を叩く晩、ヨシが囲炉裏の埋け火を起こしながら源太郎に語りかけた。

「塗りの道を進む気持ちに変わりはないかい」

源太郎は静かにしかし強く頷いて見せた。ヨシは向き直り源太郎を正面から見据えて告げた。

「来春、青海波塗を習いに江戸に行きなさい、藩の許しも得てあります」

源太郎は狐につままれたような顔でヨシを凝視した。青海波塗と言えば父源兵衛の修業先である。囲炉裏では熾きた炭火が輝きを増し、自分の心の中では喜びが膨らむのを感じた。塗りの道を諦めなくても良いのである。

「給金もでるそうです、青海波塗は江戸で大流行だから。何年でも行っておいで。私一人ならばこれまでの蓄えと塗り修繕で何とか凌げるから気にすることはない」

晴れ晴れとした気持ちの中に僅かな寂寥が含まれることを自覚したがそれが何に由来するのかは分からなかった。戸の隙間から漏れ入る冷気により炭火の輝きが増していた。

それから何日か後、源太郎が塗り物を注文先に届けた帰りに家の門をくぐると家から出てきたミツと遭遇した。

「今年最後の漆を届けに来ました」

「寒い中大変だな」

「いいえ、源太郎さんこそ大変でしょう。でも塗りの道は諦めないでください、私いつも祈っています」

ミツも藩の扶持が止まることを知っているのであろう。ミツの情のこもった言い様を聞いた瞬間に、ヨシから話を聞いた時に抱いた一抹の寂しさの所以が分かった。

初雪がちらつきながらも、雲の切れ目には星が煌めき始めていた。

「みっちゃん、実は来年の春から江戸へ塗りの修行に行くんだ」

ミツは瞬きを忘れて宙を見つめた後、無言で俯いて何度も頷いていた。

「それはよかったです、江戸で修行して立派な塗師さんになってください」

柔らかな頬にどうにか作り笑いを浮かべながら震える声で告げると、ミツは深々と頭を下げた。

下げた頭越しに覗いたミツの匂い立つような白い項が源太郎の目に止まった。ほんの一瞬であるはずなのにとても長く感じた。次にミツが頭を上げた時には「さようなら」と告げられる予感がした。

その瞬間、堰を切ったように源太郎の口から言葉が出た。

「みっちゃん、嫁に来てくれないか」

ミツは頭を下げたまま肩を震わせ始めた。ミツの耳が仄かに赤らむのが星の光の下に浮かび、俯いた顔から光る滴の落ちるのが見えた。源太郎はミツの肩を力強く抱きしめた。抱きしめられたミツは顔を何度も頷かせていたが、その振動を源太郎はただ愛おしく感じた。


ミツとの祝言はそれから一ケ月後の師走であった。ミツとの短くも満ち足りた四ケ月の生活の後に源太郎は江戸に向かった。

そこまで思い返していると見返り坂に着いた。津軽側からこの峠道を上ってきて、ここで振り返ると岩木のお山が綺麗に見えるのでこの名前が付いたという。あるいはお山を望むことのできる最後の場所でもある。七年前、江戸に上る時に振り返った源太郎の目にも白く大きい山が輝いて見えた。そしてミツのことも母のことも胸の奥深くへ押し込めて漆の道のみを見据える覚悟を決めたのを思い出した。

四

今、顔を前に向けると、真っ青な空を背景に雪を満面に戴いたお山が、まるで源太郎を出迎えるかのように光り輝いている。源太郎の胸のうちをその輝きが照らし、誇らしい気持ちが弾けるようであった。母とミツに江戸の土産話を沢山語ってやろう。思いは七年間の江戸暮らしに飛んだ。

元禄十年（１６９７年）の春、江戸に入った源太郎の目には華やかな江戸の装いが飛び込んできた。手にした住所を人に尋ねてようやく神田塗師町に辿り着いた時には夕暮れが迫っていた。長屋の入り組んだ路地を進んでいくと漆の匂いが鼻に届き、小さな塗師屋が軒を並べていたが、その先に一目でそこだとわかる構えが見つかった。軒下に大きな幟旗が立ち鮮やかな青地に青海波塗と白字で抜かれていた。

店の前に立つと威勢の良い声が響いてきた。

「よっしゃ、来月はもう一斗漆をたのむぜえ、こちとらいっくらあっても足りねえんだ」

見ると、太いロウソクを何本も立てた座敷で、手ぬぐいを頭に巻いて二十個ほどの箱物

を並べて次から次へと仕上げ塗りをしている四十歳位の塗師の姿が目に飛び込んだ。大きな目を剥いて小さく反った鼻に脂汗を浮かばせ一心に取り組んでいる。呆気にとられて立ち竦んでいた源太郎に目をやり叫んだ。

「おう、兄さん、こっちに来て手伝いな」

唖然としている源太郎にさらに言葉を投げた。

「おら、聞こえねえのかい池田の源太郎兄さんよ」

源太郎が驚きながら人差し指で自分の顔を指すのを見て男は手を止めて笑みを浮かべた。

「そうよ、おめえ源兵衛さんにそっくりだ、顔形じゃあなくて肩の線だけどな」

言われた通りに座敷にあがり、腕まくりをして刷毛を手に中塗りの手伝いを始めた。四半刻もすると全てが塗り終わった。すると男は若い弟子に向かって大声で命じた。

「よし、一杯もってこい、それに角に行って食い物の出前も頼んできな」

そこに恰幅の良い丸顔の中年女が料理の盛られた大皿を抱えて入ってきて朗らかに叫んだ。

「おまえさん、そんなことだろうと思ったよ、ほら皆でこれでもお食べ」

勘七の女房であった。その晩は夜更けまでの宴会となった。

青海勘七は表向きは威勢と愛想の良い磊落な人間であった。しかし内面は繊細で、仕上げの波紋模様を描く時には近寄りがたい雰囲気を醸し出していた。青海波は厚塗りを施した漆を鯨の髭を鋸状に加工した鯨篦や猪の毛を並べて作った猪毛刷毛を用いて波紋を梳き取って描く方法であるが、勘七はそうした道具を緻密かつ流麗に操るのであった。そして荒々しく猛る波、恥じらうようなさざ波、艶やかに舞う波など変幻自在に表現していく。

一階が店兼仕事場で、二階が住み込みの弟子のための大部屋になっていて源太郎もそこを住み処とした。初めの一年は瞬く間に過ぎたが、途中でミツが子を授かったこと、無事に娘が生まれ母がタマと名付けたことが文で知らされ大いに励みになった。当初は下塗りなどの下積み仕事が主体ではあったが、門下の開放的なしきたりのお陰で二年目からは腕に見合った塗りを任せてもらえた。仕事だけに限らず、勘七には江戸の彼方此方（あちこち）に連れられ、この町の目まぐるしいばかりの美醜と善悪にも触れることができた。

そうして四年目には、庶民向けの品ではあるが仕上げを任せてもらえるようにもなった。ある晩、源太郎が大店の注文の製作を夜遅くまで行っていた。子の刻を超えた時間であっただろうか、勘七が酔って帰ってきた。土間で柄杓で水をすくいごくりと音を立てて呑んだ後に、源太郎の後ろで横になってしまった。源太郎は構わず作業を続けた。作業が終わり品を漆風呂に入れて腰を伸ばしたところでいきなり勘七に話しかけられた。

「おめえ、腕上げたな、しかしまだ大事な芯が抜けてらあ」

横になった勘七は腕枕をして源太郎を眺めていたが、その眼光は酔いを感じさせない鋭いものであった。

「芯とは何でしょうか」

「そら、おめえ、自分で探り当てるもんだ、おめえは漆の心を読んだことがあるかい」

「漆の心」

「ああ、漆にも心があるのさ。漆がどう塗って欲しいと思っているか、それを見極めるんだ。その日の湿気や温度によってころころと変わるけどな。その心を酌んで塗ってやらねえと本当の光り輝くものにはならねえ」

少し間をおいて勘七が続けた。

「おめえ、漆の花は見たことねえと思うけど、おいらの女房みてえな花だ。あの花を見たら漆の気持ちも少しは分かるんだがな」

源太郎は勘七の女房の容姿を頭に描き、漆の花との隔たりに吹き出しそうになりながらそれを堪えて答えた。

「見たことあります」

「それなら話が早い。それを思い浮かべれば今に漆の心が分かるようにならあ」

昔、ミツが指差した先にあった純朴な漆の花を思い出していた。塗りに真摯に取り組むようになったのはあの花を見てからのことである。自分が塗りたいようにではなく、漆が塗られたいように塗る。その日からの源太郎は漆と会話をするかのように、漆の具合を見極めながら塗りを行うようになった。

それから二年後、源太郎が江戸に来て六年目のことである。とある小藩へ納める品を源太郎が手がけていた時、勘七が寄合からほろ酔い気分で帰ってきて部屋の片隅でいびきをかいて寝てしまった。半刻ほどして仕上げが終わった時、突然声を掛けられた。

「やっぱりおめえは源兵衛さんの息子だな」

源太郎は驚きを顔に浮かべ振り向いた。

「どういう意味ですか」

「血は争えねえということだ。源兵衛さんはあんな死に方をしてしまったが、その塗りと研ぎ上げの確かさには俺が勉強させてもらったことの方が多かったかも知れねえ。もうおめえには教えることはないな」

「いや、まだまだ師匠の足元にも及びません」

「ふっ、馬鹿言ってんじゃあねえ。自分の塗りを試す時だ。そのためにはここを去らなきゃあならねえ」

源太郎は寂寥感に襲われ瞬きを忘れて勘七の顔を見つめた。

「なにしけた顔してるんだい。免許皆伝だぜ。そうだな、おめえが自分の塗りを見つけた時に褒美として俺の名前、青海を継がせてやるぜ、おれには子がないからな。年が明けたらおめえの故郷に帰っていい作品を沢山こしらえな。女房子供も待ってるぜ」

源太郎の頬には涙が伝わり落ちた。

「おい、湿っぽくていけねえなあ。目出度い話だろ。おいおめえら起きてこい、酒だ酒だ」

勘七は二階の弟子に叫んだ。

ひとしきり賑やかな宴がお開きになった後、作業場で一人佇んでいると隅の闇の中に漆の花が仄かに光って見えた。酔っていたせいかもしれない。この花を追い、この花に支えられ生きていくような予感がした。

そこまで源太郎が回想していると、下り坂の向こうに関所が見えてきた。あと一刻で城下に入ることが出来る。源太郎の足はいやが上にも速くなったが、それでも周りの山並みや杉木立がひどくゆっくりと過ぎていくようでもどかしく感じた。

五.

源太郎が弘前城下に入った時には火点し頃となっていた。夕闇の中に黒く聳える亀甲門を左手に過ごし、見慣れた家並みを抜けていくと微かな東風にも懐かしい匂いを感じた。ほどなくして池田家の小さな門が七年前と変わらぬ姿で現れた。玄関の前に立ち深く息を吸い高まる動悸を抑えた。震える手で戸を開けると半坪ほどの三和土(たたき)には大小二つの草履が揃えて置かれていた。

「おーい」

と源太郎が叫ぶと、小刻みな足音が近づいてきて、上がり框に立てられた衝立の後ろで止まった。衝立は亡き父の手になる黒漆塗りのものである。源太郎が期待を込めて注視していると、案の定衝立の脇から好奇心に満ちたつぶらな瞳が覗いて、源太郎のことを頭の上から足の先まで観察し始めた。源太郎が笑いを堪えている間に少女が衝立の前に飛び出して跪くと恐る恐る訊ねた。

「どちら様ですか」

「タマか、父だ」

源太郎は居ても立っても居られず少女を抱き上げた。しかし、六つになるはずの体は思いのほか軽かった。源太郎が頬をすり寄せると身を硬くしていた少女は啜り泣き始めた。

その時、奥からの「はーい」という声が響き、ミツが小走りに現れた。源太郎の姿を認めると目を大きく開き立ち尽くしたが、次の瞬間、相好を崩し律儀に頭を下げた。

「お帰りなさいませ」

源太郎はミツの手を握りしめて何度も頷き、ミツは大きな目を潤ませたが、その目尻には皺が目立つようになっていた。三和土にしゃがみ込んだミツに盥に張った湯で足を清めてもらった後、源太郎は居間に上がり荷物を降ろした。ふと母ヨシがいないことに気付いた。

「あれ、母さんは」

と源太郎が問いかけたのに対して、ミツは一瞬顔を曇らせ無言で誘った。奥の間に行ったもののヨシの気配は微塵も感じられない。ミツは小さな仏壇の前に座り線香を焚き手を合わせた。仏壇には三つの位牌が置かれている。そのうちの二つは見覚えのある位牌で父源兵衛と幼くして逝った妹のものである。もう一つは「淑美信女」で終わる戒名が彫られ稚拙ではあるがやはり黒漆が施されている。

「お義母様はお腹にしこりができて食べることが出来なくなり一年前に亡くなりました」

「母さんが死んだことは何も伝えてくれていないではないか、文には皆で帰りを待っているとしか書いてなかった」

「お義母様のお言いつけでした。あなたの修行の邪魔になるから一切を知らせてはならないと強いご意志で命じられました」

自分の晴れ姿を見せることができなかったという無念を胸に源太郎は言葉を失ってい

た。ミツの目には源太郎の無言が落胆だけでなく咎め立てにも映ったのか言葉を継いだ。
「私もお義母様のお考えと同じでございます。あなたの塗師としての道は何事も妨げてはならないのです。お母様の唯一の望みはあなたが塗師として成功することでした」
ミツはそう言ったきり源太郎の顔を見つめた。ミツのふくよかであった頬は削げ落ち大きな目の回りも窪んでいる。生活の貧窮を物語る姿態を目の当たりにして源太郎の心の中で母を失ったことの無念とミツへの憐憫とが交錯した。源太郎は細くなったミツの手を握りしめその体を抱き寄せた。肩も背中も薄い皮だけの感触が伝わり、七年間の長さとそれが平穏な期間ではなかったことを知った。

源太郎が為すべきことは塗師の道を究めることの前に一家の糧を得ることであった。ミツは源太郎が仕送る給金の一部とヨシに習った塗り修繕、そしてミツの実家の漆掻きの手伝いをしてこれまで何とか凌いできたようだ。源太郎は七年間の自分の空白を埋めることを心の中で誓った。

ミツが精一杯支度したささやかながら温かな夕餉を三人で食べた。源太郎は努めて明るく振る舞い無理に多くを語った。タマははにかみながらも笑みを向けてくれた。

薄暗くなった土間を見やると、漆の花が浮かび次第にそれが遠ざかっていくように見えた。しかし、今の源太郎にとっては目の前の二人が漆の花以上に儚く愛おしいものに思えていた。

六

翌朝、源太郎はまず土手町の漆器問屋の中屋に赴いた。昔、父源兵衛が品を納めて馴染みにしていた問屋で、母ヨシも修繕塗りの注文を貰っていた。源太郎も十路（そじ）の頃に母ヨシの供をして店に顔を出したことがある。

「昔、父の池田源兵衛が世話になりました、息子の源太郎でございます」

応対に出てきた番頭の弥兵衛が口を開いた。

「ほお、源太郎さんかい、塗師らしくなったねえ」

源太郎は自分のことを憶えていてくれたことに驚きと共に喜びを感じた。

「噂は聞いているよ、何でも江戸に青海波塗の修行に行ってたんだろう」

「へえ、その通りです」

源太郎は一瞬口を噤んだ後に一気に続けた。

「青海波塗をこちらに納めさせて貰えないでしょうか、それと塗り修繕ならば何でもやりますのでいくらでも回して欲しいのです」

寡黙な源太郎にとっては苦い口上のはずであったが、ミツとタマの貧困を目の当たりにした今の彼には躊躇(ためら)いを捨て去る覚悟が出来ていた。

「ヨシさんはお気の毒なことだったねえ」

「え、ご存知でしたか」

「ああ、それまでよく直しをやってもらってたんだ。おまえさん、ヨシさんのためにも気張りなよ。青海波塗が出来上がったら持ってきな」

それからの源太郎は青海波塗の準備に取りかかった。一通りの塗り道具は家にあり、さらに青海波を描くときに必要となる貴重な鯨箆や猪毛刷毛は勘七から餞別代わりに何本も分けて貰ってきた。そして江戸で貯えた多少の銭で安い粗荒な箱物の木地を仕入れ、それを微細な研ぎと丁重な下地塗りで上質なものに化けさせた。その上にミツの実家から安く分けてもらった漆を使い江戸仕込みの青海波塗を思う存分に施した。その合間に、塗り修繕を行ったが、ミツもタマも楽しそうにそれを手伝った。家の中には笑いが絶えず起こり、疲れの漂っていたミツの顔にも昔のように弾んだ生気が戻り始めた。

タマはミツの躾で一通りの家事が出来るように育てられ、掃除、洗濯、米炊きなど何でも手際よく手伝っていた。それだけでなく亡きヨシの手ほどきで読み書きも習熟していた。特に書は和様、唐様両方の書式を身に付け、その流麗な筆使いには同じくヨシの手ほどきを受けて育った源太郎も目を見張った。

源太郎が津軽に戻って一ケ月あまり経った卯月のとある日、三十個ほどの青海波塗の箱物の仕上げが終わって庭を眺めると、片隅に半尺ほどの背丈の可憐な薄紫の花に目が止まった。そこにタマが茶を淹れて持ってきて行儀良く源太郎の前に置いた。

「父様、お茶です」

まだ源太郎に対して少し他人行儀な口利きではあった。

「ありがとうよ。タマ、あの花はおまえ達が植えたのかい」

「片栗の花、母さんと一昨年植えました。寝たきりのお祖母様に何か花を見せたくて」

はにかみながら応えるタマがまるでその片栗の花のように見えて思わず頭を撫でてやるのだが、タマは体を硬くして恥ずかしそうに頭をすぼめるのであった。薫風が二人を優しく包んでいた。

翌日、三人で青海波塗を中屋に持っていくと番頭弥兵衛が笑みを浮かべて出迎えた。

「ほお、これが青海波塗かい。話には聞いているが見るのは始めてさ。よし、これならば心当たりに売り込んでみてやるよ」

源太郎は売れることを願い丁重に頭を下げて店を後にした。高鳴る期待を胸に三人は帰途についた。これまで源太郎は自分の作った品を売り込みに行ったことなどついぞなかった。江戸では自然に舞い込む注文をこなしていれば用が足りた。江戸に行く前、山野井師匠のもとでは言われるままの作業に従事するだけであったし、自分の家で修行として試作する時はヨシが品定めを行うものの売りに出すことはなかった。自分の作品が市井でどのような評価を得るであろうかと不安が心を占めていたが、弥兵衛の反応はそれを期待へと変化させてくれた。街中を過ぎて家の近くまで来た時に

「もう少し先まで行ってみましょう、川のあたりまで」

ミツがはしゃぐ振りをして足を速めた。

「でも腹が減ったんではないか、なあタマ」

源太郎の言葉にタマは頷いたが、ミツはおどけた笑みを満面に浮かべて走り出した。

「握り飯を持ってきたんです」

「わあ、お母さん、待てー」

源太郎は大股で歩み二人を追った。ミツとタマとともに川の堤に腰を下ろして握り飯を頬張り寝転ぶと、空はどこまでも青く雲雀の囀りが煌めく陽の中で響いていた。

十日ほどして中屋の丁稚が藩士宅へ品を届けた帰りに、追加の注文のために源太郎を訪ねた。青海波塗の評判は上々で三十個はもう少しで売り切れになるという。

早速追加注文の製作に取りかかった。途中手を休め、夕闇の庭を見つめると漆の花の幻影が浮かんだ。多少の身過ぎが可能になり、より高度な作品を手掛けたいという源太郎の心中を反映していたのかも知れない。そのためには上級藩士から注文を貰うことが近道になる。これといった伝手（つて）を持たない源太郎は追加注文の納品の日、弥兵衛に藩士への口利きを頼んだ。

それから一ケ月程経ち雨の多い頃となった。この時期になると湿気が上がり漆の乾きが速くなるので、下地塗などの作業ははかどるようになる。塗り終えた品の乾くのを待つ間、縁側で庭を眺めながら一服入れていたところ、蛇の目傘が生け垣の向こうを行くのに気付いた。その傘は源太郎の敷地の外れ辺りまで行ったかと思うと立ち止まり引き返して門のところまで来た。源太郎はさほど気にも留めず青海波の波紋の新たな工夫などを思案していたが、門の間から傘の下の老侍の梅干しの様な顔が視界に入り目が合った。すると老人は童のような笑顔を浮かべ断りもなく門をくぐって近づいてきた。

「ほお、あの坊主が大きくなったもんだ、父親よりも母親似だのお」

源太郎は我に返って訊ねた。

「どなた様でしょうか」

「儂はもと作事方の沼田儀八郎と申す者じゃ、おぬしの作品は中屋でみせてもらった、なかなか良い出来じゃった」

源太郎が招き入れるのを待たずに、沼田は庭を横切り縁側に座った。

「ほお、紫陽花の季節か」

暗闇の中でそこだけ燈が灯っているかのように、雨の中に庭の片隅で一株の薄浅葱色の花が咲いていた。

「父母のことをご存知なのでしょうか」

「儂はなあ、おぬしの父親の作風は大層気に入っていたのだがな、どうも上役達は若狭塗の華やかさに目が奪われがちじゃった。しかし、結局未だにこの藩の特産として他藩にまで聞こえている塗りがないのが実情だ」

源太郎は塗師達の吐息で饐(す)え臭い空気が漂う塗師蔵を思い出していた。その中で毎日根を詰めていた源兵衛の姿が雨中の紫陽花に重なって見えた。

「ほお、それらも青海波塗のようじゃな」

作業部屋に並べられた作品を一瞥して沼田が呟いた。

「確かに立派な品じゃ、息子を通して上役にも伝えておこう」

沼田は門をくぐって小径に出ようとして立ち止まった。

「それらは青海波塗としてはよく出来ている、初めは物珍しさで人の気を引くであろう、しかしそこからがおぬしの正念場になるじゃろうな」

源太郎が言葉を継ごうとするのを待つことなく沼田は早足で去って行った。

七

それから十日ほどして、藩から呼び出しがあり源太郎は四の郭の作事方詰め所に赴いた。

作事奉行の石沢仁左衛門が床几に腰掛け厳めしい顔つきを前に突き出して訊ねた。

「そこもと、青海波塗を習得してきたとのことだが」

源五郎はその前に跪き
「その通りでございます」

「青海波塗とはどのようなものなのじゃ」

「塗りを重ねまして、終いの塗りの後に篦や刷毛で線を入れ波を描きます。その線の入れ方や波模様にも幾種類かあり、それらを組み合わせて仕上げまする」

「うむ、江戸では大層人気だそうだが」

「老若男女みなこの模様の手ぬぐいなどを使っております。漆塗りの器物、箱物は貴重品として取引されております」

石沢は眉間に皺を寄せて目を閉じ口を結び考え込んだ後切り出した。

「おぬしは知らぬかもしれないが、今年の秋に塗り物の品定めの会を開くことを信政殿が考えておる。何とか他藩にも売り出せる特産品を創り出したいと殿が願っておるのだ。主に塗師蔵に勤める者が対象となるが、街中の塗師が出品してもよいように計らっておく。おぬしも作品を出品してみてもよいぞ。その出来具合によっては、またおぬしの父親のように藩で扶持を与えて城内の塗師蔵で仕事をしてもらうことも可能になるやも知れない」

源太郎の胸に一筋の太い光明が差した。

「精進させていただきます」

深く頭を下げて退いた。家に帰るや否や、源太郎はミツに大きな声で告げた。

「孫次郎義兄さんに漆の注文をしておくれ、まず初漆を一斗樽で頼む」

溌剌とした源太郎の様子に、ミツも朗らかに応じた。

「質の良い特級品を選んで貰うことにします」

それから、源太郎は中屋から得た売上銭を元手に作業場にしていた部屋をさらに改造した。大きな作業机を自作し、その上に新調した俎を乗せた。押し入れを改造し漆風呂も作った。漆を小分けにする樽を仕入れ、さらには道具の数々を新調した。

水無月になると漆取りの作業が始まる。ミツの駒越の実家では、初めの掻き取りの日には朝早くに近くの神社に参拝に行く。その日は源太郎一家もお参りを供にした。漆林の外れの赤い小さな鳥居を抜け祠の前で手を合わせた。源太郎は漆を生かせる塗師になることを何度も祈願した。その後、漆の掻き取りが始まり、源太郎一家三人も手伝った。一本の木に五筋の傷を入れ漆を採っていく。それが終わると次の木へと移る。一日に百本ほどから漆を採るが、結局一日で採れる漆はせいぜい一斤ほどである。水無月のころに採れる初漆は水分含有量が多く薄く伸びが良い。ただしその代わりに厚みに欠けて硬さも劣るために、下地塗りに用いられることが多い。

頭上の漆の花に目をやり、源太郎は初めてこの花を見た時のことを思い出していた。あの時、この花に遭遇していなければ今の自分は無かったかも知れない。漆を絞り尽くされた後は命を終える木の哀れな心の呟きを、その花が代弁しているように思えるのだった。

源太郎はタマを抱き上げた。

「ほれ、あれが漆の花だ、まだ蕾のようだけどな」

「何だか可愛らしいね」

タマは嬉しそうに声を弾ませて下の枝の先の花を手折り、その小粒な蕾の集簇で源太郎の首を擽った。二人で声を立てて笑っていると釣られてミツも嬉しそうに近づいてきた。

そして一週間も経った頃、一斗樽を乗せた牛車がミツの兄孫次郎に引かれて池田家に到着した。

「義兄さん、ありがとうございます、大切に使わせていただきます」

「なに、大事な妹の婿さんのためだ。ところで、この前言い忘れたが、おまえさん、いい顔になったなあ。これならおれの漆の良さを充分に引き出して貰えそうだぜ」

源太郎はその漆を小樽に分けて表面に和紙を密着させたのち蓋をした。湿気により乾燥

が促される漆は水無月から長月くらいは乾きが早く仕事がはかどる。源太郎は早速作業に取りかかった。途中でミツの差し入れてくれた握り飯を頬張りながら一気に箱物三十と器物三十の下塗りを行った。気が付くとすっかり夜が更けていた。次の作業に移りたいのはやまやまではあったが、そのはやる気持ちを抑えて漆風呂の棚に全ての作品を並べた。この時期では湿度を上げる工夫は不要で自然乾燥で充分である。そして作業場の畳の上に仰向けに寝入ってしまった。

次の朝、薄暗いうちに目を醒ますと布団が掛けられてある。起き出して土間に行くとすでにミツは竈に火を入れていた。

「あなた、疲れたでしょう、握り飯だけだったからお腹も空いたでしょう、今ご飯にしますから」

「おまえこそ修繕塗りで遅かったんだろう、済まない」

源太郎が青海波塗の作品に取り掛かってからは、中屋から定期的に依頼される修繕は主にミツがこなしていた。ミツにとっては身体の奥に疲れが残っていても、心地よく清々しい透明な日が流れ始めていた。

源太郎は朝飯を済ますや否や、昨日の下塗りの具合を検分し、その後丁寧に研ぎ作業を行った。下地の部分は上塗りを行えば表面からはその具合を判定することはできない。しかし、下地塗りの精緻さによりその品の持ちが大きく変わる。さらにその品に賭ける塗師の心が下地に塗り込められて作品の出来不出来が左右されるのだと、青海勘七に痛いほど仕込まれた。源太郎は研ぎが終わると再度同じ作業で二回目の下地塗りを数日かけて行った。そうして、計五回の下地塗りが終わる頃、ミツの兄が中漆を持ってきた。

中漆は文月が近くなると採れるようになる。初漆に比べ粘稠度が増し色合いも厚くなる。源太郎はそれを用いて中塗りに取りかかった。一回目の中塗りが終わるとすでに盆の時期になっていた。

文月七日、源太郎はミツとタマを伴って七日盆の墓掃除に赴いた。菩提寺は二年前に母ヨシが死んだ際に藩から指定されたもので、城の南五町先にあった。暑気を避けるために早々と朝靄の中を出掛け卯の刻には寺に着いた。墓石の並ぶ中を進んでいくと小さな空き地があり土が盛られていた。

「ごめんなさい、墓石が買えなくて」

ミツの小さな言葉に、源太郎が弾んだ声で応えた。

「さあ、草取りだぞ、誰が一番取れるかな」

真っ先に屈(かが)んだ源太郎に負けじと、タマが喜び勇んで草を抜き始めた。ミツも嬉しそうに従った。三人の顔に浮かび始めた汗に朝陽が反射する。一面を覆っている草はたちどころに抜き去られお椀型に盛られた土が露わになった。タマが満足そうにそれを眺めながら袖で汗を拭っている。家から持参の紫陽花を竹製の花挿しに立て、そして三人で線香を上げ手を合わせた。源太郎は母に塗師の道を進む覚悟をあらためて心の中で誓った。照り始めた強い陽の中でミツが手渡した竹製の水筒の水を三人で笑い声を上げながら回し飲みした。

十三日の盆の入りには家の玄関先に薪を組んで迎え火を燃やし、そして十六日には同じように送り火を焚いた。源太郎は心の中で常に同じことを念じていた。両親と妹の成仏、ミツとタマの平穏、そして自分の塗師としての道が開かれることである。

「お祖父様、お祖母様、あの世に帰って行くのかな」

タマの言葉の通りに、大きな口を開ける夏の夜空に吸い込まれるかのように火の粉が舞い上がっていく。火を見つめることで癒やされた源太郎の心には、儚い漆の花の姿が訴えかけるように浮かんだ。

盆が明け、残りの中塗り作業に集中した。中塗りは均等に塗る必要があるために下塗りの何倍もの時間を要する。それが終わるのを見計らうように孫次郎から盛漆が届けられた。盛漆は最も粘稠度が高まり、厚塗や固い表面を作るのに適している。源太郎はここからが勝負と気を引き締めた。

様々な色の漆を調合し、盛塗りを施した後に青海波の波紋を創り出していく。埃を避けるために戸は閉め切りタマが覗くことも禁じていた。波紋の描出には神経を研ぎ澄ませる必要があり、ほんの僅かな心の緩みも波紋の乱れに直結する。従って、一日に数個の作品を仕上げるのが限界である。

一ケ月が経ち、夜明けの陽が障子を差し始めた頃、源太郎は小さく呟いた。

「できた」

すると隣の部屋の襖が静かに開いてミツが源太郎に飛びついてきた。

「おまえさん」

「なんだ、ミツ起きていたのか」

源太郎はミツを強く抱きしめた。ミツは少し血色の良くなった頬に笑みを浮かべて源太郎の腕の中で頷いて見せた。ミツの目に部屋中に並べられた作品に描かれた青海波模様が輝いて映った。タマが開いた障子の縁から中を覗いた後、二人に飛びついてきた。

八.

神無月の十日、城内の四の郭、塗師蔵の隣に十間四方に亘り陣幕が立てられ品定めの会場が設えられた。陣幕は白地に津軽家の家紋の一つである錫杖が染め抜かれていた。秋の陽に白地が眩しく輝く中で、台の上に漆塗りが所狭しと並べられている。その中でも源太郎の青海波塗の作品達は華やかさでは人目は引かないが、緻密な無数の線凹で描出された波紋が艶麗を醸し出し見る人の心を魅了するのであった。通人であればその漆の塗の滑らかさがいかに秀でたものであるかは容易に判断できる。源太郎も自分の作品を並べる時に周囲を見回し、自分の作品が抜きん出たものであることを確信した。

塗師達はその陣幕の外に控えて待った。半刻も経つ頃に上級武士達とともに四代藩主、津軽信政がゆっくりと歩を進めて現れた。塗師達は反射的に地面に跪き頭を垂れた。信政は塗師達に一言労いの言葉をかけてから幕内に入り、目を細めながら一つ一つ眺めていった。脇には家老の奈良山惣左衛門と重臣三名を伴っていた。

「ほお、どれもこれも見事なものじゃ」

特に目に付いた品の前ではそれを手に取り微に入り細に入り眺めた後、その作者が幕内に呼び入れられ信政から直々に声をかけられた。

そうして幕内を半分ほど回り源太郎の作品の前に立った。

「これは珍しい塗りだ、浅黄色の波の形も軽やかで美しい」

幕外にひれ伏していた源太郎は中に呼ばれた。慎重な面持ちでさらにひれ伏した源太郎に対して家老の奈良山が口を開いた。

「江戸で青海波塗は見たことがあるのだが、何か新しい工夫でも施してあるのか」

「塗りは駒越の漆を特別に調合いたしました。研ぎにも一工夫してございます。この波の輪郭の紺碧の線は下塗りの部分を研いで表出させたものでございます」

奈良山は分かったような顔をして頷いたのちに、源太郎に下がるように命令した。幕外に退いた源太郎が耳を澄ませていると奈良山が言上する低い声が耳に届いた。

「それがしが江戸で見た物と瓜二つに御座います。江戸で流行っているのであれば津軽の特産物にはなり得ません」

「そうか、儂には面白く見えるが」

「江戸ではもう当たり前の作で御座います。ささ、殿、次の作品に移りましょう」

源太郎は腰を浮かせ幕内に入ろうとしたものの、近侍の侍の厳しい目に制せられ諦めるしかなかった。源太郎の足下には音もなく楓の葉が落ち、その紅色はどことなく褪せて見えた。

それから十日ほど経って、品評の結果を知らせる触れが城内の四の郭に掲示されているという連絡が入った。源太郎は急ぎ駆け付けて息を切らせて立て札を見たもののそこに自分の名前はなかった。二名の名が記されておりともに若狭塗師の名であった。その作品は源太郎の記憶の中にもあった。螺鈿細工をあしらった若狭塗の流れの一つと言えるが、新規な意匠は感じられない品であったと思う。

肩を落として家の木戸を開けたときに満面の笑顔で迎えたのはミツとタマであった。

「そんな最初から上手くいくものですか、それが人の世ですよ、さあ今日は何も考えずに美味しい物を召し上がってくださいまし」

そう言えば、玄関に入った時から源太郎の大好物の焼き烏賊(いか)の匂いが漂っていたのに改めて思い当たった。

「今日、生干し烏賊を売りに来たのです、それに豆腐もありますよ。一杯つけましょうね」

酔いと囲炉裏の火による火照りから、源太郎の口から思いがけぬ弱気がこぼれた。

「ミツ、済まねえな、期待に応えられなくて」

「何言ってるんですか、あなたの作品がこの世で最も優れていることは私が分かっていま
す、これからも自分の道を信じて進んでください」
ミツは柔らかな頬にえくぼを深く刻ませて丸い目を細めて笑い飛ばした。出会った時か
らの変わらない温かな笑みであった。この笑みが源太郎の心の支えであった。

九.

源太郎は残った漆を使って様々な意匠を試し始めた。青海波の塗り模様だけでは限界が
あるのかも知れない。沼田儀八郎の語った「青海波塗の後が正念場になるだろう」という
言葉を思い出していた。何か新しい工夫をしなくてはならない。若狭塗の変塗に対抗する
ためには漆だけでは駄目なのかも知れない。螺鈿や金粉など様々な材料を使い、青海波塗
との組み合わせを試すことにした。
しかし、そうした材料を仕入れるのには銭が不足していた。春の青海波塗の売り上げと、
日頃の修繕塗りに対する賃金はまだ少しは残っていたが、冬を越すためには残しておかな
ければならない。
源太郎はある日山野井の家を訪れてみた。山野井は藩に召し戻されたと聞いている。十

年の月日が刻まれてはいたものの山野井の面持ちには未だ厳格さが保たれ作品も自らの手で成していた。慇懃な挨拶を交わしたが、山野井は源太郎が塗師の道を歩んでいることを快く思ってくれたようだ。身の上を正直に吐露した後に源太郎は恐る恐る切り出した。

「私は青海波塗と他の細工、例えば蒔絵を組み合わせることで新たな境地を開くことができると考えています。しかし、今はその金粉を手に入れる銭がなくて」

「おぬし、物乞いに来た訳だな。よく分かった。余ったものがあるから持っていきなさい。しかし忠告しておく。一と一を加えると二になるものかどうか。そんな単純なものではないと思うが。まあ精進するがよい」

手のひらほどの金粉を後生大事に胸に抱え枯れ葉が西風に舞う中を勇んで家に帰った。

ミツが両手で箱を抱えて含み笑いを浮かべて出迎えた。

「はい、これも使ってください」

源太郎が箱の中を覗くとそこには磨かれた輝く貝殻が沢山入っていた。

「この螺鈿の元、どうしたんだ」

「鰺ケ沢からの干し烏賊売りの人に貝殻を分けてくれるように頼んでおいたのです。あなたが螺鈿なども試みたいと仰っていたから。私、それを選別して磨いたんです」

「おまえ、そんな時間あったのか」
ミツは何も答えず土間に戻った。家事と修繕塗りでミツの一日は終わるはずである。源太郎が起きる前に知れずに作業をしていたのであろう。ミツの背中が輝いて見えた。
雪の季節は全ての民と同様に塗師にとっても堪え忍ぶ期間である。新たな漆を仕入れることは出来ず貯えた漆を使うのだが、温度の管理が困難で極端な寒気に曝すと質が劣化してしまう。それに一部は修繕塗りに回さなくてはならない。残りの漆と手にした金粉や螺鈿を使い何とか自分独自の道を開かねばならない。その年の雪は深く昼でも薄暗い家の中で黙々と作業を続けた。日の入りは早く貴重な蠟燭は高価で手に入れることはできないが、漆の実をすりつぶして作る漆蠟燭を孫次郎が差し入れてくれていた。それを灯して来る日も来る日も工夫をこらしていた。脇ではミツも藩士の鞘や印籠、寺社や商家の器物の修繕塗りを行っていた。源太郎は作業の合間に部屋の隅の暗がりに目をやり漆花の幻影を追うのだが、それが日増しに遠のいて見えるように感じて胸に焦躁が走り始めた。しかし、ミツはそれを知ってか知らずか黙々と作業に打ち込んでいる。薄闇の中に浮かぶミツの白い顔を目にすると源太郎の心に平穏が戻るのであった。

十.

冬の間に様々な試作に取り組み自信が芽生え始めた源太郎は、初漆の季節の到来を心待ちにしていた。しかし、その頃から中屋からの青海波塗の注文が目に見えるように減ってしまった。初めのうちこそ物珍しさから飛びついてくれたが、飽きられるのも早かった。さらには源太郎の作品の品定めの会での落選が口伝(くちづて)に広まったことも災いしたようだ。再び一家は修繕塗りだけで糊口を凌ぐ日々を送らなくてはならなくなり、源太郎は漆修繕の仕事を一つでも多く分け与えて貰うために中屋に通い詰めた。

そうしてやっと初漆の季節を迎え、孫次郎の好意により格安の値段で一斗樽が運び込まれた。源太郎の再挑戦の季節がやってきた。塗り修繕をミツとともに済ませた後に夜間に作品の製作に取り組んだ。今年こそ何とか道を切り開かなくてはならない。これまでに習得した技と冬の間の試作で切り開いた新たな工夫を存分に生かし作品を仕上げていった。

夏は瞬く間に巡り秋の品評会を迎えた。源太郎は作品を並べて二つを選び出品することにした。一つは青海波を大胆にあしらい、その上を三羽の千鳥の飛ぶ姿を蒔絵で描いた文箱である。もう一つは青海波の先に舞い上がる龍を描きその顔と爪の部分を螺鈿で表した盆である。これを見たミツが昔を懐かしむ様に囁いた。

「あなたの初めての蒔絵の作品も千鳥でしたね」

タマも嬉しそうに継いだ。

「可愛らしい、三羽飛んでいる、お父さん、お母さんと私みたいですね」

品評会の日、昨年と同様に再び幕外で控えて声の掛かるのを待った。周囲の塗師の何人かが代わる代わる幕内に呼び込まれた。しかし遂に源太郎が呼ばれることはなかった。耳を澄ましていると中からの声が伝わってきた。おそらく信政公と家老奈良山の声である。

「やはり螺鈿細工は若狭塗一派の出来が抜群であると思われます」

「しかし、こちらの品も螺鈿を見事に配置している、それに蒔絵もある。これらと青海波との調和はなかなか工夫されて見事に見えるが」

「いや、螺鈿細工や蒔絵と青海波の組み合わせでは新規のものとは言えないと思われます。やはりこれまでにない新しい取り組みでないといけません。こちらの作品はいかがでしょう。どこまでが螺鈿でどこから漆塗りか分からぬように裾濃（すそご）仕上げにしている若狭塗師の新作のようです。これを藩の特産物として売り出しましょう」

「昨年のものと大して変わりが無いようにも思うがのう、ところで昨年のものは江戸での評判は如何か」

「はあ、今売り込んでおりますれば、きっと良い御報告ができると思われまする」

「何とか我が藩の特産品の一つとして漆塗りを確立するよう努めよ」

そうして信政一行は幕外へ退いていった。

結果の発表の日、源太郎には立て札を見に行く勇気が出なかった。ミツとともに心配そうに近づいてきたタマが声を掛けた。

「お父さんには私達が付いているよ」

源太郎はタマの頭を撫で作り笑いを浮かべて見せた。女子供に同情されるようになったらしまいだと心の中で呟いて立ち上がった。

四の郭の立て札には夕陽が当たりその前には誰も居なかった。やはり源太郎の名前はなかった。気を取り直しての帰りすがら、塗師蔵の横を通った時に人影に気付いた。思わず建物の影に身を潜めて窺うと、一人は塗師風情、一人は若侍姿であった。息を潜めると話が聞こえてきた。

「今回もありがとう御座います、何といっても奈良山様の一声は影響が大きいですから」

「うむ、まあ良い。して、昨年の品は藩内でどの程度売れたのじゃ」

「お陰様で結構な注文を頂きました。これを奈良山様にお届けください」

と答えながら袖の中から一握りの金子を侍に手渡した。おそらく百両ほどであろう。源太郎の記憶では塗師風情は若狭塗師の弟子であると思われた。若侍は奈良山家老の手の者であろう。

「これはお心遣いいただいたお礼の一部で御座います。奈良山様のお陰でまた品が売れましたら改めて御礼いたします」

源太郎は怒りに震えて思わず飛び出しそうになるのを堪えた。家に戻るとミツに当たってはいけないと思いつつもつい大きな声が出た。

「酒だ」

ミツは何も言わず酒の準備をした。

源太郎が珍しく酩酊となった頃、ミツは慰めるように語った。

「何も藩の品評会で評価されなくても、真に美しい品は誰かが認めてくれるはずです、そんな作品をあなたが作ることを屹度お義父さま、お義母さまも望んでいるのではないでしょうか」

「分かったような口を利くんじゃあねえ」

ミツに対する想いとは裏腹の言葉が口を衝いて出た。源太郎の作品を胸に抱いてミツは滔々と話し出した。

「私はやはり、あなたは塗り一筋の仕事がいいと思うのです。この作品の螺鈿も蒔絵もとても良いのですが、一番素晴らしいのは漆の部分だと思うのです。あなたには漆の真の美しさを引き出せる力があると思うのです」

「おれのやり方が間違っているとでもいうのか」

俯いて呟いた源太郎はやり場のない苦悩を胸に膨らませそのまま家を飛び出した。当てもなく歩くうちに目に付いた居酒屋に飛び込んだ。するとそこでは若狭塗師の弟子達が何人かで酒盛りをしていた。先程塗師蔵の裏で目にした者の顔もある。源太郎が店の入口で

仁王立ちになっていると、気付いた一人が愛想笑いを浮かべて叫んだ。

「これはこれは池田の旦那じゃあござんせんか、今回は残念でございましたなあ、まあ一杯どうでしょうか」

無言で睨んでいた源太郎は眉間に皺を寄せて低い声で応じた。

「おめえら、塗師であれば塗師らしく腕で勝負をしたらどうなんでえ、汚え手を使いやがって」

その声にもう一人の若者が立ち上がった。

「こりゃあお言葉ですねえ、自分の腕前が劣っていることを脇に置いて何てえことを仰るんだか、男の妬みってえのはみっともないぜ」

源太郎が、何だとおと声を挙げるより一瞬早く五人ほどの男が素早く反応して源太郎を取り囲んだ。店の外に担がれ散々殴る蹴るの乱暴を受けた。

「今回はこのくらいで許しときやすが、また馬鹿なことを言ったら二度と漆を塗れないようになっちまいますぜ」

そして嘲笑を残して去って行った。そのまま道端に大の字になって空を見つめると、沢山の星が燦めいていた。自分の情けなさに涙も出なかった。浮かんだ漆花の幻影は遙か彼方に急速に遠ざかっていくように感じた。どの位経った頃か、体を揺すられ我に返るとそこにミツの顔があった。抱えられどうにか家に辿り着いた。

傷だらけになった源太郎を介抱しながら、ミツは涙ながらに懇願した。

「さっきはごめんなさい、あなたの好きなように仕事をしてくださいな、あなたには誰にも負けない才があるのです」

十一

その後の源太郎は生業として日中はミツとともに塗りの修繕を続けた。漆掻きの季節にはミツは実家の手伝いをして僅かながらの銭を貰った。春から夏は庭で野菜を育て少しでも食の足しにした。夜になるとミツは修繕塗りを続け源太郎は作品に取り付く、そんな生活が続いた。

深夜、源太郎が作品に取りかかっている時に部屋隅の暗がりに見える漆花の幻影が次第に薄く小さなものになっていくのを感じていた。漆花が頼りで塗りに精魂を傾けてきたとも言える源太郎は、未来が閉ざされていくような感覚を抱き心は塞ぎがちになった。それでも酒を含めば心は解放され創造力が湧き上がってきた。気鬱になった源太郎が酒の力により作品に取り組めることを知ったミツは、苦しい中から酒代を工面した。呑むほどに集中力が増し、春から夏には夜が白むまで塗りに向き合うことが多くなった。そして夕刻まで床に伏せてそれから起床するという生活が身につくようになっていった。ミツの内職や実家の手伝いが池田家の身過ぎの中心となったが、ミツは愚痴一つこぼすことなく明るい笑顔で切り盛りしていたし、タマも家の仕事を健気に手伝った。冬になれば雪の前に大量に集めた薪の力で何とか暖を取り、乏しい食料で親子三人が待春（たいしゅん）の日を送った。

そうした生活が五年続き、源太郎が江戸から戻って早七年目を迎えていた。源太郎の齢も三十路（みそじ）の半ばを過ぎ、月代（さかやき）こそミツが整えてあげていたが、白髪が混じり無精髭を貯えるようになった。昼間は寝ていることが多かったが、時に縁側に座り庭を茫然と眺めていることがある。もう漆の花は源太郎の目には浮かばなくなっていた。ミツにしみじみと語りかけることがある。

「ミツよ、おれには塗師としての才能なんかないのだと思う、夏はおまえの実家で雇って貰って漆掻きをして、冬は中屋の下働きをして暮らしていこうと思うんだよ、もう作品を創り出すことは無理だ」

そんな時にもミツは笑みを浮かべて優しい眼光を湛えて応えるのだった。

「何にも心配要りません、あなたはきっと素晴らしい作品を生み出すことができます、余計なことは考えずに取り組んでください」

ミツの言葉に源太郎が口を挟もうとしても、優しさの奥に潜む強く鋭いミツの眼光がそれを阻んだ。

そうして冬を前にした日のことである。源太郎が昼間の睡眠を取っていると、慌てたタマの声に揺り起こされた。

「母さんが倒れた」

源太郎が駆け付けると、ミツは土間に仰向けになっていた。冷えた土間から熱いミツの体を持ち上げて畳に横たえた。声を掛けてもミツは薄く目を開けるだけであった。息をするのも苦しげで、時折大きな咳をした。

「母さんはしばらく前から胸にしこりができて弱っていたんです。その上に少し前に風邪を引きこじらせたようです」

確かにミツの顔はやつれ身体も痩せ細っていた。ミツの不具合を気づきもしなかった自分の情けなさと、源太郎に心配を掛けまいというミツの心遣いに圧倒されて、源太郎は言葉を失い火のようなミツの手を握りしめるばかりであった。

源太郎の心を察したのかやっとのことでミツが口を開いた。

「声を出すのも苦しいから、あなたに話せるのはこれが最後かもしれない」

「馬鹿なことを言うんじゃない、済まない、駄目な男と結婚させてしまって」

「もう一度言います、あなたほど漆の心を知っている人はいません、それは私が一番分かっています、必ず立派な作品を創ることができます、だから諦めないでください、あの世から見ている私のためにも」

ミツは増えた顔の皺をさらに深く刻ませ声を振り絞った。そのか細くも屈強な言葉に源太郎はただただ大きく頷いた。

「タマ、後のことは分かっているね、頼んだよ」

タマもミツの手を握り大きく頷いた。ミツの目は慈愛の光を湛え動きを止めた。

十二、

ミツの死後源太郎は魂が抜けたかのように虚空の日々を無為に送った。寒風が吹く中でミツを茶毘に付したことも何か遠い過去のことのように思えた。修繕塗りはどうにかこなしたが、夜、作品を創ろうとしてもただ酒の量が嵩むだけであった。ミツの言いつけを守らなくてはと思えば思うほど手が動かなくなった。修繕塗りで手にした銭の多くは酒に変わってしまった。しかし、タマは源太郎の所業には口を出さずに、まるでミツの魂が乗り移ったかのように食事仕度をこなして、修繕塗りの手伝いも行った。しまいには修繕塗りの多くもタマがこなし、源太郎は塞ぎ込んで酒にのめり込むようになっていった。

ミツが死んで二月後の昼時、孫次郎が顔を出した。源太郎はどうにか酔いを醒まして八畳間で囲炉裏を間に孫次郎と対面した。

「源太郎さんよ、ミツが死んじまってお前さんどうやって生きていくんだい」

「まあ、なんとか」

源太郎は曇った顔で小さな声で応えた。

「何をやって生きていくつもりだい、酒ばっかし食らっていては駄目だろう」

源太郎は虚ろな目で頷くしかなかった。頑張ろうとしても力が入らないことは口にはしなかった。

「あんたが改心するまで、タマを私のところで預かろうと思うんだ、タマだってもう良い年頃だ、お前さんタマを満足に食わせていくことは出来ないだろう、幸いおれの所は女手が足りないから大事に育ててやる。あの世のミツもそれを望むだろう」

早口でそう言い残してそそくさと孫次郎は帰って行った。源太郎はその後も暗い部屋の中で一人背中を丸めて佇んでいた。

心配したタマが雑炊を持ってきた。

「タマ、今まで苦労をかけたなあ、おまえ孫次郎伯父のところへ行くか」

タマは源太郎を見返し首を強く横に振った。

「私は父さんと母さんの娘です。私は父さんの漆塗りを手伝います」

「馬鹿言ってんじゃあねえ、俺の塗りが売れる訳はない、お前は飢え死にしてしまう」

二人の間には囲炉裏の火に暖められた静かな時が横たわった。思い出したかのように源太郎が呟いた。

「俺が江戸から帰ってきた日、おまえ大泣きしたなあ、そんなに俺が怖く見えたのかい」

タマは笑いをかみ殺して源太郎を見つめた。

「あの時泣いたのは嬉しかったからです。父さんがどんなに凄い腕の塗師かを母さんが毎晩聞かせてくれたの、だからまだ見たことのない父さんがとても好きだった。分からなかった？　私は飢え死にしても構わない、私は母さんと七年間も父さんを待っていました。母さんの代わりに父さんの作品を見届けなくちゃあならない、母さんと約束したんです」

「おまえのほっぺは母さんにそっくりだなあ」

タマもすっかり若い時のミツのような気立ての良い娘になっていた。

「でも目は父さんの切れ長の細い眼にそっくりです。どっちも私は気に入っています」

タマはふと立ち上がると小箱を抱えて戻って来た。置かれた小箱を見て源太郎の身体は硬直した。囲炉裏に掛けられた鉄瓶が松籟（しょうらい）の音を上げ始め部屋の静けさを際立たせた。

小箱の蓋には天女が衣を広げたように白い模様が光り輝いている。あの文箱である。まだこの家にあったのだ。

「母さんから預かりました。母さんはお祖母様が床に伏せた時に渡されたそうです。母さんは自分が死んだ後にお父さんが辛そうになったら渡すようにと言っていました。今がそ

の時だと思いました」
子供の時に燦めいて見えたその模様は、何ら色褪せずに源太郎の目に映った。塗りを覚えた後にこの文箱を思い出すことがあった。その時には模様が螺鈿細工によるものかと思い込んでいた。しかし、今見ると乳白色の模様部分が間違いなく漆からできていることが分かる。しかもそれは上塗りで描かれたものではなく、研ぎにより下塗りの漆を表出させて作られたものである。どのように塗り重ねてどのように研ぎを行えばこのように華麗な模様を描き出せるのであろうか。源太郎には謎であった。
タマの目線に促され源太郎が箱の蓋を開けるとそこには幾重にも文が重なっていた。一番上は母ヨシの書いたものである。それを取り出し広げた。流麗な唐様の文字でしたためられている。源太郎宛であった。

――この文は相応の覚悟を持ち読んでください。この箱は私の父、つまりお前の祖父である池田辰之助の作品です――

と書き出されていた。あとには次のような内容が続いていた。

若狭塗の職人であった辰之助は、研ぎにより様々な模様を出す意匠を考えた。しかし、若狭の他の塗師がその技を盗みさらにその研ぎの模様の代わりに螺鈿をちりばめて豪勢に見えるように設えた。それを若狭の漆器問屋に持ち込み若狭塗と名付けて大々的に売り出したため名が知れ渡るようになった。しかし辰之助は螺鈿などの漆以外の材料を使うのは邪道として取り合わなかった。挙げ句辰之助の創り出した模様を盗作した事実を伏せたい塗師達に除け者にされ、辰之助の作品は日の目を見ることはなかった。源兵衛は辰之助の弟子であり、辰之助に見込まれてヨシと結婚した。それから間もなく辰之助は貧窮の中で非業の死を遂げた。それを契機に源兵衛は若狭の地を離れ金沢で塗り修行を続けていたが、弘前藩の塗師招聘を耳にして、若狭塗を超える物を作ろうという意欲でこの地に渡ってきたのであった。

そして、次のように綴られ文は終わっていた。

「おまえに塗りを仕込もうとした初めは、何とか祖父の怨みを晴らして欲しい、つまり弘前藩に大勢渡ってきていた若狭塗師を打ち負かす様な塗りを創り出して欲しいという気持ちがありました。しかし、おまえの塗りにかける一途な姿を見るにつけ、その考えが間違っていることに気付きました。どうか、雑念は抱かず、金を恃むのでもなく、誰のためでもなく塗りに励んでください。おまえだけにしか創れない、真の塗りを完成させてください。それをあの世でおまえの父さん、祖父さんとともに楽しみに眺めています」

源太郎は強く目を閉じ、脇で茶を入れ始めたタマに命じた。

「タマ、ちょっとあっちに行っていてくれ」

タマが隣に行った音を確認して源太郎は目を開いた。止めどなく落ちる涙が、薄闇が迫りつつある部屋の畳を濡らした。一呼吸置いて箱の中を覗くともう一つ文がある。手にするとミツの文であった。少し拙いがやはり唐様の書字であった。池田の家に顔を出した当時から、ヨシがミツに書の手ほどきをしていたことを思い出した。

「あなたは今どうしているでしょうか。この文に目を通していると言うことは辛い時を過ごしているのかも知れません。私はあなたと初めて出会った時のことを今でも忘れません。お山に落ちる夕陽の赤が空を染めていました。そしてあなたに初めて漆の花を見せた時のあなたの驚いた顔も忘れません。漆花はいつもあなたを見守っています。私にはそれが見えるのです。あなたは漆に守られている、だから最も光り輝く塗りを作り出してください」

もう涙は流れなかった。涙が涸れた訳ではない。胸の中に灯り始めた火が明日を照らし始めたのである。

「父さん、ほら寒くなるよ」

タマが半纏を源太郎の背中に被せて、そのまま源太郎の背中を抱いて頬を肩に押しつけた。

十三、

源太郎はその日以降昼間は美を求めてひたすら塗り研ぎを繰り返した。下塗りを厚くして仕上げ塗りをした後に研いで様々な模様を描き出すことにも熟練した。動物、花、山谷などの自然の造形を漆と研ぎにより自在に表現することができるようになった。しかし、まだ源太郎は納得がいかなかった。祖父の創った文箱を抜きたいと思ったが、未だそれを果たせていないと感じていた。一方、暗くなってからは生業のために中屋から頼まれた漆の修繕をタマとともに行い、何とか親子二人が食べていくことは可能であった。

一年が過ぎ、様々な作品が所狭しと部屋中に並べられた。ある日訪れた孫次郎はその光景を眺めて、

「大層立派な塗りじゃあねえか、今度こそ品評会に出してみてはどうか」

と嬉しそうに勧めたが、源太郎は頭を横に振り朴訥に応えるのであった。

「納得のいく作品を作ることだけが私に残された道です。そうしなければミツにも父にも母にも申し訳が立たない」

そしてまた一年が経った。そしてまた一年。ミツが死んで四年目の夏のことである。源太郎は四十二、タマは十八になっていた。やってきた孫次郎が唐突に切り出した。

「源太郎さんよ、タマを嫁に出すのはどうだい、良い相手がいるんだけれどな、タマはあんなに器量よしなのにおまえさんの手伝いだけで年増になっちまうぜ」

孫次郎は作り笑いを浮かべて源太郎が口を開くのを待った。

「タマに聞いてみることにします」

源太郎も少し気に掛けていたことでもあり神妙に返答した。

「俺がタマに話してみてもいいかい」

源太郎の小さな頷きを目で捉えて孫次郎は裏に回った。井戸端で洗い物をしているタマに孫次郎が近づいた。

「タマ、ちと話があるんだがな」

「あら、伯父さんこんにちは」

夏の陽が西に傾き、蝉の声が辺りを包み込んでいた。

「タマよ、そろそろ嫁に行く気はねえか」

驚いて細い目を開いて孫次郎を見つめた。

「私はね、お父さんが気の済むような塗りを作るまでお父さんの手伝いをしたいの、お母さんともそう約束したんです」

タマは屹立して孫次郎の顔に強い視線を向けた。

「だから、お断りします」

「そうかい」

陽が岩木の山の左裾に半分消えようとしていた。

「実はなあ、俺のうちも苦しくて、源太郎さんに漆を分けてやれるのも限界なんだよ、そりゃあ僅かなら分けられるけどなあ。おれの知り合いのところでもっと大きな漆栽培をやっているうちに嫁いでもらえれば充分な漆を分けてくれると言うんだ」

「何で私がそんな大きな家に嫁として求められるのですか」

「その家では、ただ漆の原液を採るだけでなくて、精製した物を作って藩に収めたいのだとさ、そうすると高く引き取ってもらえるらしい。タマならば漆の扱いは良く知ってるから是非にという話なんだ」

タマが地面に目を落とすと数匹の蟻が餌を運んでいた。戸惑いながら口を開いた。

「私が嫁げばお父さんは漆に不自由することはないのですね」

孫次郎は申し訳なさそうな顔で頷いた。タマも承諾を表すように小さく一回頷いた。

その晩、夕食ののちにタマは源太郎を前にして告げた。

「父さん、私、嫁に行きます」

一瞬の沈黙の後、源太郎は短く答えた。

「そうか」

部屋を静寂が支配したが、二人にはその短いやりとりで充分であった。

孫次郎は結婚話を進めた。駒越集落の名主の主人が相手であった。妻に先立たれ子を三人持つ男で、源太郎とあまり違いのない年嵩であった。源太郎がそのことを孫次郎に知らされた時、思わず孫次郎の襟を掴んだが、孫次郎の無抵抗な様を見て手を緩めた。

「義兄さん、申し訳ない。タマを何でそんな男のところに嫁に出さなきゃあならねえんだと思ったらついかっとなっちまった」

「源太郎さん、こっちこそ済まねえな。でも大層な家だし優しい男だからタマが苦労することはない。それだけは保証するぜ」

孫次郎は漆のことには触れなかった。

十四

タマの祝言はそれから一ケ月後の長月に行われることになった。その日の朝、タマは夜明け前に起き神妙な面持ちで家の中を綺麗に掃除し始めた。その後に源太郎の仕事場に入り、胸いっぱいに空気を吸い込んだ。父の塗り作業を側で見るのがタマにとって至福の時であった。黙々と塗り研ぎの作業に勤しむ父の背中、その父の仕事姿を見ることはもうない。父の匂いの染みこんだ道具を手の中で慈しんだ後、付着した漆を油で落とし、刷毛、篦などをそれぞれの収納場所に置いた。床も綺麗に拭いて部屋を後にしようとして振り向いた時、漆まみれになった俎が目に飛び込んできた。近づいて掌でその表面を撫でると、漆の堆積による強い凹凸が触れて思わず微笑んだが、それがタマと源太郎のこれまでの作業の結晶であると思うと熱い想いがこみ上げてきた。まだ一刻は残されている。タマは俎の表面を砥石でひたすら磨いた。父が過去を捨てこれから一人で立派な作品を創り上げるようにという祈りを込めてひたすら磨いた。しかし、下の層は漆が強く染み込んで完全には取り除くことはできず、様々な色の不規則で無秩序な斑模様が残ってしまった。

作業部屋を出たタマは最後に仏壇に手を合わせ、低い声で呟き始めた。

「母さん、私は今日この家を出ます。私はもう父さんを手伝うことは出来ない、だから何とか私の代わりに父さんを守ってください。父さんの本懐を遂げさせて上げてください」

薄い明かりの滲み始めた部屋の中を線香の煙が真っ直ぐに立ち上がっていった。

半刻後、源太郎と最後の朝食を摂り終えた後に、表に迎えに来た婚家の者の声が聞こえた。源太郎に頭をついて挨拶をした後に、タマは表に出た。何度も源太郎の方を振り返りやがてその姿は家並の角に消えた。

一人残された源太郎は、秋の空を見つめながら人生のこれまでを走馬灯のように思い起こしていた。タマの幼い頃の記憶が埋まらないこと、そしてタマのこれまでの献身に何ら応えて上げられていない現状を歯痒く情けなく思った。空には青い秋空に掃いたような薄い雲が浮かんでいた。

作業場に戻ると、いつもは笑顔で細々と動いているタマの不在を実感した。作業場の上にはタマの文が置かれていた。ヨシに似た唐様の達筆でこれまでの礼が記されていた。源太郎はいつものように漆の入った樽を作業机に乗せ、刷毛を揃え、無地の木地を俎の上に置こうとしたところで目が俎の斑模様に釘付けになった。それは、あの文箱を見た時と似た衝撃であった。表面に手をやると、その滑らかさは恍惚となるほどで、さすがにタマが磨いただけのことはあると納得した。斑の中は黄色や茶色や黒や紺色、様々な色で占められている。それを縁取るように黄色や金などの線が輪郭を描き、その外側は黒漆が広がっている。

源太郎には、この模様の出来た理由は容易に理解できた。これまでの塗り作業中に滴った漆が斑状に積み重なりその断面が様々な模様を成したのである。くねるようなその模様はまるでタマの唐様の書にそっくりであった。祖父辰之助の文箱の模様の謎も解けたような気がした。

その日からの源太郎は、まさに何かに取り憑かれたように作業場に籠もりきりになった。

外では音もなく雪が降り積もっていた。何かを描こうとするのではなく漆が望むように下塗りを重ねるのだ。祖父辰之助の文箱もタマの研ぎ出した模様も、結果を意図せずに描出されたものである。今、源太郎は昔勘七に言われた漆の心が分かったような気がした。部屋の片隅に浮かんだ漆花の幻影は次第に濃く目に映るようになった。

　春光の中、縁側に座していると、門の間から沼田儀八郎が顔を覗かせ莞爾（かんじ）を浮かべて近づいてきた。

「元気にやっているかね」

と軽やかに語り出したが、座敷に並べられている作品を一瞥し静止した。品に近づき眉間に皺を寄せて凝視した後、素早く振り返り早口で述べた。

「これから直ちに作事方にこの品を届けよう」

　しかし、源太郎は微笑みを返しながらゆっくりと頭を振った。

　それを確認して沼田が訊ねた。

「それではこれらの品をどうしようというのだい」

「私はもうお偉い方に色目を使うのは懲り懲りなのです。これを好いてくれる人に使って

もらえれば充分です。漆もそれを望んでいるはずです」

　そこに偶然中屋の丁稚が修繕塗りの注文品を届けに来た。沼田は急ぎ番頭を呼んでくるように命じた。

　半刻もすると、番頭の弥兵衛が肩で息をしながら顔を見せた。

「沼田様、どうなさいましたか、急のお呼びで」

　弥兵衛と目を合わせた沼田は、その視線を座敷に誘（いざな）った。顔を向けた弥兵衛の目の輝きが瞬時に増した。

「源太郎さん、とうとうやりましたね。私にお声掛けくださったと言うことは、是非うちにお任せください」

五月晴れの日、訪れたタマは源太郎の作品を見て何も語らず一筋の涙を流した。タマは手にした漆の花を仏壇に供え源太郎とともに手を合わせた。線香の煙が真っ直ぐに上った。

（了）

※後に源太郎は師匠の姓と父の名を継ぎ、青海源兵衛として塗りの技を磨き上げ、『津軽塗』の礎を築いたとされる。

【参考文献】
『弘前藩丁日記』弘前市立弘前図書館蔵
『弘前市立弘前図書館／おくゆかしき津軽の古典籍』ウェブサイト
『菅江真澄遊覧記』菅江真澄（内田武志、宮本常一編訳　東洋文庫）
『無縁の花』水上勉（田畑書店）
『木をつくり漆を掻く』日本うるし掻き技術保存会

〈ひの・ようぞう　１９５６年、埼玉県浦和市（現・さいたま市）出身。１９８３年弘前大学卒業。弘前市在住。医師。本名・大熊洋揮（おおくま・ひろき）〉

日野さん「書きつないでいきたい」

東奥日報社は2023年2月18日、青森市の同社7階ホールで、第7回東奥文学賞の贈呈式を行った。大賞に輝いた作品「漆花（しっか）に捧ぐ」を執筆した弘前市の医師日野洋三さん（66）＝本名・大熊洋揮（ひろき）＝に賞状と賞金100万円を贈り、優れた創作活動をたたえた。

采田社長㊨から賞状を受ける大賞の日野さん

式では、東奥日報社の采田正之代表取締役社長が「たゆまぬ努力の積み重ねで素晴らしい小説作品を執筆されたことを、県民とともに心からお喜び申し上げる。これからも日野さんならではの着眼点で、青森県に埋もれている人や文化など新しいテーマを発掘し、作品を描いていただきたい」とあいさつ。最終選考委員の一人で、弘前市出身の文芸評論家・三浦雅士さん（76）が講評した。

受賞者あいさつで日野さんは、「大変栄誉ある賞を頂戴し、夢の中にいるような気分がいまだに続いている。小さい時から時間を見つけては読書をする生活で、胸の中にしまい込んでいた小説家への憧れをもう1回取り出してトライしてみようと思った」と笑顔。「津軽塗を習っていた松山継道さんが亡くなり、追悼の意味も含めて何とか締め切りに間に合わせた。私の作品が、小説というジャンルに入れてもらえると分かったことが、とても大きな自信になった。青森県には掘り起こしたい歴史がたくさんあるので、賞を励みに書きつないでいきたい」と語った。

「司馬遼太郎が開拓した手法に通じる」

最終選考委 三浦さん評価

2023年2月18日、青森市の東奥日報社で開かれた第7回東奥文学賞贈呈式で、最終選考委員を務めた文芸評論家・三浦雅士さん（76）は、大賞受賞の日野洋三さん（66）＝本名・大熊洋揮（ひろき）、弘前市＝について「司馬遼太郎が開拓した手法に通じるものがある」と評した。

受賞作「漆花（しっか）に捧ぐ」は、江戸時代中期の弘前藩で津軽塗につながる中心的技法を築いた塗師・池田源太郎を巡る物語。困難や葛藤に対面しつつ漆塗りに向き合い続けた源太郎の執念や、源太郎を支えた母・妻・娘との強い絆を描いた。

三浦さんは講評で「視点を世界の高さから日本、登場人物へと迫っていく作品の骨格は、司馬遼太郎が開拓した手法に通じる。世界を見渡す視点に

大賞作品「漆花に捧ぐ」の講評を述べる三浦雅士さん

「第７回東奥文学賞」贈呈式　2023.2.19 本紙

受賞の喜びを語る日野洋三さん

立ってこそ、良さが分かる作品」と高く評価。

また、「世界的に特産品が成立するときは産業として発展し、名人の個性を持った商品が生まれる。日野さんは、津軽塗という工芸が生まれる過程に着目し、その根っこには愛情があることを描いたところが素晴らしい」と語り、「次は『これ以上のものを書く』というパワーに期待したい」と激励した。

祝辞では弘前市医師会会長の澤田美彦（よしひこ）さん(70)が「医師でもある大熊さんは、生きた証しを残そうと小説を書き始めたという。大変な作業だったと思う。弘前総合医療センター院長の仕事とともに津軽塗を学び、小説をさらに書き続けることを願う」と語った。

贈呈式後、日野さんは報道陣の取材に「作品には自分の考えを出すこともあるので、腹の中を見られている恥ずかしさはあるが、読んでもらって少しでもいいなって思ってもらえればうれしい」と話していた。

◇

東奥文学賞は２００８年、東奥日報創刊１２０周年を記念し、新人の発掘・育成を目的に創設。県内在住者または本県出身者を対象に４００字詰め原稿用紙１００枚以内の小説を募集し、第7回は68編の応募があった。最終選考委員は三浦さんと、芥川賞作家の川上未映子さんが務めた。

司馬遼太郎と日野洋三――『漆花に捧ぐ』講評

三浦雅士

私は、元旦の「東奥日報」紙面に、日野氏の受賞作をめぐってかなり辛口の選評を書いたが、それはあらかじめありうるかもしれない批判を封じるためであった。ここでは、受賞作『漆花に捧ぐ』の美点を強調し、期待を表明しておきたい。

一般に現代文学の創造の現場には二つの流れがある。ここでは詳論できないが、簡単に言えば、純文学と中間小説いわゆる大衆文学の二つの流れである。純文学については説明するまでもない。究極的には人間の内面の探究である。他方、中間小説というのは簡単に言えば社会と歴史の探究であって、これがいま注目されるのは、司馬遼太郎が新生面あるいは新局面を切り拓いたからである。小説ということでは、この潮流もまた、純文学以上にとまでは言わないにせよ、同じほどに重要だと言っていい。バルザックもドストエフスキーも両面を合わせ持っていた。二極化したのはここ一世紀のことにすぎない。

この分類に従えば、『漆花に捧ぐ』は疑いなく中間小説いわゆる大衆文学に属す。社会と歴史の探究であって、純文学以上に広い読者に向けて書かれている。賞の媒体が新聞社であることを考えると、このような作品が受賞対象に選ばれるのは当然のことだ。

『漆花に捧ぐ』は津軽塗の誕生秘話である。こういうことがあっただろうという物語を書いているわけだが、説得力があるのは、馬鹿塗とも綽名される津軽塗という技法そのものの核心に迫っているからである。同時に、その時代的必然にも迫っている。人間の文明が、地方物産、特産品というものを発明するにいたった必然性に迫っている。司馬遼太郎がこの領域において新生面を切り拓いたと述べたのは、歴史記述と物語叙述を綯い交ぜにする新たな文体を発明したからである。おそらく司馬遼太郎ならば、特産品とは何か、日本を、さらには世界を俯瞰するところから語り始めただろう。日野洋三はそうではない。にもかかわらず俯瞰する眼は強く感じさせる。その点では司馬と同じなのだ。

特産品というのは昔からあった。石器時代においてすでに、良い石器を作るにはどこの何がいいという情報が流布していたことは疑いない。弓矢の矢羽根にはどこの何の鳥の羽がいいという情報が行き来していたことは交易の痕跡に歴然としている。だが、それは地方の特産品というのとは違う。特産品というのは工芸品、手工業による産品が出来てからの話である。つまり地方の個性、要するに生きている人間一人ひとりの個性が付与された産品が出回るようになってからの話である。これが名人・天才という呼称の誕生する背景だ。

資本主義という蔑称が出来て、馬鹿の一つ覚えのように「悪の根源・資本主義」ということになって廃れてしまったが、昔は商業、コンマースと言っていたのだ。商というのは人と人が付き合うということ、相手の身になるということであり、そういう意味では文明の根本である。この商業の仕組を根本から変えたのが手工業であって、個性が売り物になる、つまり技が商品になることになった。これは、遡れば中国・宋代にいたる。

陶磁器といえば景徳鎮とか、そういう地方名産品が宋代に成立して活況を呈した。鎮というのはもと市場のことである。長安、洛陽そして北京は軍事都市。対するに開封、南京は商業都市。開封は北宋、南京は南宋の首都。この宋代・商業の富を横取りして世界規模の帝国を作ったのがモンゴル、その影響下に出来たのがイタリアの都市国家で、そこでヴェネチアン・グラスなどという特産品も出来た。陶磁器はヨーロッパではチャイナと呼ばれるが、ロイヤル・コペンハーゲンという特産品が出来たのもそういう背景からである。ペルシャ絨毯が商品価値を獲得するのもそういう背景があったればこそだ。

同じようなことが日本にも出来て、瀬戸物とか有田焼とかも出来れば、美濃和紙とか輪島塗とかも出来た。中国の宋代と似ているのは日本の江戸時代である。両者の類似については語りたいことが山ほどあるが、紙幅がない。地方特産品とは商業の別名である。日本で最初にそれを自覚したのが平清盛であり、本格的に展開したのが信長の楽市楽座であり、引き継いだのが秀吉、一般化したのが家康と思えばいい。

この勢いが本州北端、津軽にまで及んだ江戸時代、ここに池田源太郎なる男がいた。父は、源兵衛、塗り師である。殖産興業を願った津軽藩の求めに応じて、奥能登の輪島から移住してきたが、志なかばで亡くなり、幼い源太郎が後を継いだ、と語って、江戸修業からの帰り、故郷を望む場面を描き、ほとんどぶっきらぼうに登場人物たちの会話へと移る。

これが司馬遼太郎の開拓した技法である。

まず、世界史的な視野で眺めること、つぎに日本全土を俯瞰すること、そうして、鷹が舞い降りるかの如く登場人物、その時代の典型、の間近に迫り、人物像を描写すること。日野は、そこまで司馬ふうにはしていないが、しかし骨格は同じである。

　私はそこに注目する。歴史談義、経験談義がひとくさりあって、語られる小説が位置づけられ、物語に入り、随所で、その意味を俯瞰し、結末にいたる。この仕組は囲炉裏端の会話とまったく同じである。司馬の流儀が多くの支持を得たということは、時代が、世界を一望し歴史を俯瞰すること、現在をそのなかに位置づけることを望んだからである。

　司馬が亡くなって久しいが、高度を上げて世界を一望し、歴史を俯瞰することがいまほど必要とされるときはない。新聞テレビの時代が終わって、ネットとＳＮＳの時代に入ったとは、巷間広く言われていることである。司馬の直面した以上に激しい変化であって、文学の基盤そのものが揺らいでいる。文学が無くなることはない。人間は文学で出来ているからだ。だが、文学を浮かべる器が大きく変化しつつある。いまほど文学のための媒体が必要とされている時代はないのだ。

　私は、ＮＨＫや朝日新聞には期待していないが、東奥日報やＲＡＢには期待している。ＮＨＫ、朝日といった標準的権威ではない、いま現在、青森なら青森、八戸なら八戸に生きているナマの個性が感じられる場所が、いまもっとも必要とされていると確信しているからである。そしてそういう個性の担い手の筆頭に文学者や芸術家が位置することを確信している。文学者や芸術家というもののありようが、東奥日報やＲＡＢにひとつのヒントを与えることになると確信している。

　小説もまた地方名産品と同じようなものなのだ。特有の風土、地方名産という個性を持っているからこそ一般性を獲得できるのである。日野洋三という文学者の今後に期待すると同時に、それを生かし切る場所としての津軽に、青森に、北東北に、期待している理由だ。

日野洋三さん受賞の言葉

生きた軌跡　作品として

東奥文学賞大賞を頂戴し大変光栄に存じます。審査の労をお取りいただいた先生方ならびに関係された諸氏に厚く御礼申し上げます。

歳を重ね永年就いた職からも退く時が近づくにつれ、自分は何かを残せたのだろうかと自問することが多くなりました。業績や肩書きなどの平俗なものも含めて個人が生きた軌跡はその個人の死とともに人々の記憶からは消え去ります。芸術またはそれに類する創作活動が崇高とされる証の一つとして、個人の死後も作品が残ることが挙げられます。そんなふうに考えるうちに、人に認知されなくても何か作品と言えるものを残したいという思いに囚われるようになりました。とは言っても、絵画の才はなく、音楽は読譜すら覚束なく、あれこれ考えて次の二つに辿り着きました。

その一つが小説です。もちろん後世に残るようなものが書けるはずはなく、単なる気休めとは知りながら夜間や休日に原稿用紙に向かうことが2年程前からの日課になりました。昭和の頃、多くの若者が文学青年を称していましたが、ご多分に漏れず私も文芸に憧れを抱いて青春時代を過ごしましたので、過去の忘れ物を取りに行くような作業でした。家人の冷ややかな視線に臆することもなく、いくつかの習作を書いてはゴミ箱を山にする日々を過ごしました。

もう一つは津軽塗です。津軽塗には幾つかの技法がありますが、そのうちモダンな紋紗塗りが好みで唐塗りに強い興味は持っていませんでした。しかし、とあるきっかけで松山継道さんという塗師の作品に遭遇し思いを新たにしました。その作品の芸術性の高さから松山さんは津軽塗師始まって以来唯一の日本工芸会の正会員に選ばれています。奇しくも知人の紹介で松山さんに教えてもらえることになり一昨年4月から通い始めました。自分の指先の器用さに対する勝手な自負を拠に、10年も修行すればきっとある程度の作品を創り出せるのではないかと胸の内で目論んでいました。ところが松山さんは一昨年11月に急逝されました。通い始めてほんの8カ月目のことでした。

漆の匂いに触れる度に松山さんの笑顔と気さくな話しぶりが目に浮かびます。習い始めた頃から津軽塗の起源には関心を持ち色々と調べていましたので、それを題材に小説としてまとめることにしました。志半ばで逝かれた松山さんに対して僅かばかりでも鎮魂になればという思いも込めて筆を進めました。そして今回の受賞作が初めて書き上げた歴史小説です。

東奥文学賞は「前途有為な新人を発掘・育成」することが目的として設けられた賞ですので、年嵩の者がそれを頂くことに多少の気恥ずかしさと気後れを感じています。しかし、青森県には歴史の中に埋もれてしまった逸話や人々がまだまだ数多く存在します。今回の受賞をきっかけとして今後もそうした題材を小説として紡ぎ、「作品」と呼べるものを一つでも創り出したいと考えています。

第8回東奥文学賞

2024年9月末締め切り

東奥日報社は「第8回東奥文学賞」の作品を募集します。

東奥文学賞は、東奥日報創刊120周年を記念して2008年に創設。青森県内在住者や県出身者を対象に前途有為な新人を発掘・育成し、本県から文学作品を発信することを目指しています。

最終選考委員は弘前市出身で文芸評論家の三浦雅士氏と、芥川賞作家の川上未映子氏が務めます。

大賞賞金は100万円。小説のジャンルは問いません。文学界に新風を吹き込むような意欲作をお待ちしています。

募集要項

◇部　　　門　小説であれば題材、ジャンルを問いません。1人1編、未発表作品に限ります。

◇応 募 資 格　青森県内在住者か県出身者

◇枚　　　数　400字詰め原稿用紙100枚以内

◇最終選考委員　三浦雅士氏、川上未映子氏

◇締め切り　２０２４年９月30日（消印有効）

◇　賞　大賞１編（賞金１００万円）、または準大賞１編（賞金20万円）。

◇発　表　25年１月１日。大賞または準大賞作品は東奥日報紙上で連載します。最終選考に残った候補作品に限り、途中発表します。

◇その他　別紙に作品名、筆名、本名、住所（青森県外在住者は出身市町村名も）、電話番号、メールアドレス、生年月日、職業を明記、８００字以内のあらすじを付けてください。パソコンなどによる原稿執筆を推奨します。Ａ４判１枚当たり20字×20行で印刷し、名前や文中の読みにくい文字にはふりがなを付け、縦書きで明確に書いてください。
応募作品はお返ししません。また受賞作の版権は原則として東奥日報社に帰属します。

◇宛　先　〒０３０―０１８０　青森市第二問屋町３の１の89、東奥日報社編集局文化出版部「東奥文学賞」係。問い合わせは電話０１７・７３９・１１６６、ファックス０１７・７３９・１１４３へ。

過去の受賞作品と受賞者

第1回（2011年）
大賞　ロングドライブ　世良　啓（藤崎町）
次点　碧の追想　柳田　創（弘前市）
次点　恋　唄　田邊　奈津子（弘前市）
第2回（2013年）
大賞　早春の翼　田邊　奈津子（弘前市）
次点　雨やどり　髙森　美由紀（三戸町）
第3回（2015年）
大賞　北の神話　青柳　隼人（青森市）
第4回（2017年）
大賞　健やかな一日　田辺　典忠（青森市）
第5回（2019年）
大賞　月光の道　花生　典幸（八戸市）
第6回（2021年）
大賞　北側の壁　道田　貴子（弘前市）

第7回　東奥文学賞　大賞作品

漆花に捧ぐ

2023（令和5）年6月20日発行

発行所　東奥日報社
〒030-0180　青森市第二問屋町3丁目1番89号
（文化出版部）
電　話　017-718-1145
FAX　017-739-1143

印刷所　東奥印刷㈱
〒030-0113　青森市第二問屋町3丁目1番77号

ISBN978-4-88561-271-8　C0093　¥800E